生活*是真正活着的圣经

我只向美好的事物低头

雪小禅 作品

湖南人民出版社

我只向美好的事物低头

CONTENTS

目录

*

壹 * 君衔南枝踏梦来

贰 * 松风停云处

目录 CONTENTS * *

叁 * 明月照自身

肆 * 桃花红杏花白

伍 * 光阴照夜白

壹 * 君衔南枝踏梦来

我只向美好的事物低头

*

*

世界上美好的事物很多，爱情最美好，永远排第一。

她说过她这辈子只爱一个人，她说到了，也做到了，用 26 年验证了此生只爱一个人。

2015 年 10 月，我与好友小金在日本京都。那天我们俩在京都的桥上看流水，看枫叶一片片落下来，看它们随着流水向东流去。忽然说起爱情，小金问："小禅，你还相信爱情吗？"

"当然信。"

"那我告诉你一个爱情故事吧，是我朋友小慈的故事，希望你能把它写出来。"

十年前，我写过无数篇爱情小说，其中有很多被拍成影视剧，但已经很多年不写爱情故事了，可我听完小金的诉说，蹲在京都的桥上，泪流满面。

这是我听过最虐心的爱情故事——那时小慈和家义还没有见面，那时他们以为此生只能活在对方梦中了。

当我下笔写他们的爱情时，他们已经跨过千山万水和 26 年的阻隔终于在一起了。此时，她是集团的老总，开着宝马奔驰，他还是月薪几千的普通职工，但他们说："这不妨碍我们相爱，真正的爱情与钱无关。"

丙申小年夜，我们仨一起过的小年。小慈做了一桌子菜，开了一瓶她珍藏的俄罗斯红酒。我和小慈微醉，她含泪说："小禅姐，我说过此生只爱一个人，我说到做到了。"

家义说："我和我妈，和所有的朋友说，这二十多年我心里只装了她一个人，我也只爱她一个人，从来没有动摇过。"

这一年，小慈 40 岁，家义 45 岁。距离他 18 岁对 13 岁的小慈表白已经过去 27 年了，那一年他对她说："小慈，我喜欢你，哥哥等你长大，你长大了，我要娶你。"

她点头："哥哥，你等我长大……"

那是 1990 年，她上初中，他读中专。

"这一辈子，我只为'七天'活着。"

这是她重复最多的一句话，几乎每次见面都说。我在京都蹲在桥上被击中，也是因为这句话。一个人的半生，就为七天活着，然后把爱情活成了宗教、信仰、支撑。

“如果没有对他的思念，如果不是那七天，我早就死在俄罗斯了，靠着这七天的回忆，我撑到了现在。我想我总有再见到他的那一天，到那一天我会告诉他：‘你看，小慈在这儿！还是这颗心，热乎乎的、干净的、纯粹的，从没有变过，它给你留着呢，还那么完整如初。我没有让任何人动过这颗心，这颗心是你家义的。’”

27 年过去，她成了集团的老总，商场上干练机灵如鱼得水，但一见了他，她立刻变成小女生，因为吃一个冰激凌也要哭鼻子和他闹——只要见了他，她立刻把自己低到尘埃里。

他依然做多年前的工作，一个月几千块钱，但只要见了她，他便把她宠上天——“她永远是我的女孩子，是我的公主，从前我们错过太多了，现在一分钟也不想耽误了。我想把每一秒变成十秒来疼她，我太亏欠她了，她受的罪太多了，每次听到她在俄罗斯受的罪，我都心脏疼。”

这是家义说给小慈听的。而我每次听小慈讲述，没有一次不落泪——一个人历经了万千荆棘、伤害、生死，还依然葆有少年情怀和善良的心，能帮助的人都尽力帮助，且对爱情至死不渝，这就是小慈。

1990 年，小慈 13 岁，家义 18 岁，青梅竹马是印证在他们身上的，从小在一个大院里长大，父母那辈都是军人。家义老家在湖北，父亲是军人，母亲没有工作，带着他和姐姐。

小慈父亲也是军人，母亲没有工作，带着她和妹妹。两家人是邻居，家义看着小慈妹妹长大，给她辅导作业，给她唱歌听，给她弹吉他，家义的学习成绩很好，小慈崇拜这个家义哥哥，在她眼里，只有他。

二十世纪八十年代，人们的物质生活水平还匮乏——你给我家端碗饺子，我给你家二斤红糖。两个少年在物质贫瘠的时候相互温暖。

13 岁的小慈已经出落得亭亭玉立，在大院里是十分扎眼漂亮的小女孩——小慈自带一种与众不同的气场，小的时候就与一般女孩子格格不入，大了之后是风华绝代。

而她的家义哥哥一直那么优秀，以最优异的成绩考上了中专。考上中专意味着什么？是国家的人了，毕业就是干部，有稳定的工作！在八十年代，这是解决了一家人吃饭的大事情，也是一辈子的铁饭碗。这一年，家义 18 岁。

那一天，他给小慈补习完功课，看着伏在书桌上写作业的小慈——素色连衣裙，小马尾，长长的睫毛，还有他熟悉的体香。

他们从小在一起长大，他能从千万人中辨认出她的味道——那种清新得像薄荷一样的味道，那种让他心醉得把持不住的味道——他已经 18 岁了啊，英俊帅气，高高的个子，玉树临风，许多女孩子喜欢他——而他只喜欢小慈。

“小慈，我想和你说个事。”

“啊？”她抬起头，“家义哥哥，你说。”她始终叫他家义哥哥，现在还是。

“等你长大了，我要娶你！”

他的脸红了，心跳了，这是他第一次和女孩子表白。

她愣了一会，显然，她也是第一次听到这样的话，她才13岁啊——她喜欢家义哥哥吗？当然喜欢。可是家义哥哥的这番话，小慈还是不理解，她毕竟太小了，她不懂爱情，她不同意嫁人。

他跑出去，泪流满面，他为小慈的拒绝伤心。回到学校，家义伤心了一个学期。

以小慈的成绩是可以考上中专的，但后来发生的几件事情改变了她的人生轨迹。一是父母长期吵架，小慈并不知道和睦幸福的家庭是什么样，只知道父母长期无休无止地吵，有一次父母要喝敌敌畏（农药），她从学校狂跑回来……

这些事情影响了她的学习，她从年年第一的成绩滑落到中等水平。有一次父母又动了手，这次她跑到同学家，同学的父母正在说说笑笑做饭，灯光下是一碗猪肉白菜炖粉条，一碗热乎乎的鸡蛋羹。她哭了。

那是她向往的生活——夫妻和睦，有灯光，有温暖的饭菜。以后很多年，她一直喜欢吃鸡蛋羹，一直喜欢做菜，她练就了一手好厨艺——在俄罗斯时，冰天雪地，零下40摄氏度，她也做一桌子菜。她说："我练了一手好厨艺，只为有一天能做给家义吃，没有他的时候我也会做一大桌子，假装他在我对面坐着，吃着我做的菜。"

后来的一个机缘，小慈无意中帮到一个人，没想到是当年给她做了一碗鸡蛋羹的人——这才是人生难预料，不想团圆在今朝。

小慈出落得更加漂亮了。哦，不是漂亮，是惊艳。她成了那个大院的一枝花。那些小青年开始追求她，堵截她——她的家义哥哥在远方，不在她身边。她不喜欢这些人，但这些男孩子喜欢她啊。这其中包括她日后第二任丈夫大为，大为是她上初中时和她表白的。

那时小慈是班长，大为是副班长，大为说："小慈，我喜欢你。"小慈说："我已经有喜欢的人了。"那一年他们十几岁，二十年后他们结婚，大为成为她第二任丈夫，小慈说："上辈子，我一定欠你的，所以这辈子和你有四年的姻缘。"

这期间，出了一件让小慈终生难忘的事情，让家义的母亲坚决不同意她和家义的恋爱，并且以死威胁。

小慈差点被强奸。

当时的社会小青年 A，疯狂追求小慈，未果。有一天夜里，小慈下了晚自习，忽然间窜出一个人，紧紧地抱住她，然后把她带到一个小黑屋里。她的嘴被塞上了布，喊不出来。瞬间，她知道出事了，自己的清白之身恐怕保不住了！

她被剥光了衣服。

她看到了 A。

A 也在看着她。她很冷静地闭上眼睛，只说了一句话："你只要做了，我出门就自杀。"A 哭了，替她穿上衣裳，她出了门，心哆嗦成一团。

这件事，只有一个女同学知道，每隔一段时间，她就要求小慈给她封口费，不然的话就告诉别人。这样持续了一年——小慈的学习已经一落千丈，这件事情还是让整个大院都知道了，当然家义的妈妈也知道了。

1993 年中考，小慈落败，不知何去何从。她不禁想到她的家义哥

* *

不用多一个字，彼此知道是自己命里的人——思君令人老啊。15年过去了，从那七天分开，生死两茫茫，但仍能一声就辨别出对方的气息。

哥。她接到了家义的信，家义已经在新疆工作，他说：“小慈，不要灰心，有我呢。你可以选择复读，也可以有另一个选择。你给我写信，告诉我你的决定，如果你要我，我立刻回去娶你，我爱你，小慈！无论你什么样，我都要你！”

小慈抱着信哭了，这就是爱情呀！这就是她有情有义的家义哥哥。整个大院都传疯了，关于她的种种流言蜚语，可是，他要她。

而在新疆的家义，此时身边也出现了另一个女孩子阿丽。阿丽喜欢家义，这是所有人都知道的事情。

阿丽表白了，家义拒绝了。他说：“我心里有人了，她叫小慈。”他说出了小慈的名字，都在一个大院里长大，阿丽是知道小慈的。小慈的美貌很有名气，一个女子如果太美，她的美貌容易成为负担，也成为岁月折磨她的一个理由。

多少美丽的女人红颜薄命，小慈用半生坎坷的经历来证明了这句话。但她葆有了初心，对自己最初的爱从来没有动摇过。

那时她唯一的希望就是家义哥哥了，于是，1993 年 7 月，她写了信：“家义哥哥，你来娶我吧。”她写了两封。然后就是等待，无情地等待，好像她命中永远是等待，这一等，就是六年。

她没有等到回信。她绝望了，断了念头，去了一个卫校，后来又去北京一个空军医院。再也没有音讯——这是他第一次没了音讯，他不要她啊。

而他根本没有收到信。他以为她太漂亮了，根本看不上他。他死心了。1997 年，他结婚了。结婚的对象，就是同单位喜欢他的阿丽。母亲自然高兴——因为阿丽有体面的工作。

从 1993 年到 1999 年，他们再也没有联系。

1999 年冬天，他们都回到大院看望父母。在一个逼仄的楼道里，两个人劈面相逢。两个人都呆住了，看了对方好久。

她终于说话了 ："你为什么不给我回信？"

他蒙了 ："信？什么信？我等了你几年，根本没有收到你的信！"

1993 年没有电话没有网络，只有信。

她呆了 ："什么？你没有收到我的信？我写了两封，我让你回来娶我。"

他瞬间好像明白了什么，发疯一样跑回家，他只想问阿丽一句："你，是不是私拆了我的信，并且藏了起来？"

果然，阿丽拿出了当年的两封信，他捧起信来号啕大哭。他质问阿丽 ："你怎么能这么干！"阿丽说 ："我也是因为喜欢你啊！"

他去找小慈。去小慈工作的城市，站在小慈的面前，他拉上她的手说 ："我们走！"

他们私奔了！这一走，就是七天。

就是这七天，成了她以后 15 年活下去的勇气和动力。这七天成为了她的宗教和信仰。

他们去了丽江，住在丽江的民宿里。

那是 1999 年冬天。寒风刺骨，但他们的心被爱情烧着了。

她把女人的第一次给了他。

他抱着她哭了。外面所传闻的种种都是假的，她是这么纯洁干净的女孩，连接吻都不会！——她的第一次全是他的。

他们像新婚的恋人一样，疯狂地相爱着。

他们去丽江的古镇，去拉市海，去泸沽湖……过马路的时候，他的大手握住她的小手，然后把它们放在自己的兜里。这一个瞬间，她记了一辈子。

丙申年小年夜，我们仨在一起吃饭。我问他们，最打动你们的一个瞬间是什么？小慈说："就是和他牵着手过马路，他的大手攥住我的手，然后放进他的口袋里。"

我问家义："你呢？"他说："也是，好像把命拴在一起的感觉。"我又问："假若有一颗子弹射向小慈，你会为她挡吗？"

家义说："还用问吗，小禅，我必须挡啊。"饭后，家义洗碗，小慈说："后来我去俄罗斯，有一个高高帅帅的男人来到我面前，他也牵着我的手过马路。走到马路中间时，我忽然蹲在马路中央哭到泣不成声——我爱上家义后，他成了标本，成了永恒，我找的所有男人都是以他为蓝本，他成了跨不过去的永远。"

那七天，成了他们的一辈子。

分分秒秒都在一起。他捧着她的脸："傻丫头，我怎么会把你弄丢了呢，我说过要娶你却娶了别人……我笨啊，你在这儿等着我，我回去离婚，然后带着你走！我哪怕去要饭，我要一口也给你吃。"

"家义哥哥你去吧，我等着你。"

家义回大院，去离婚。小慈开始了她第二次等待。她等啊等，等啊等。一周过去了，家义没有回来，又一周过去了，家义没有回来。

她的钱花光了，她住不了旅馆了。她等来了一个消息，家义的母亲托人给她带话："不用等了，家义不会来的，他永远不会离婚！"

更坏的消息传来了。因为父母也在大院住，女儿勾引有妇之夫，他们已经没脸出门，满城风雨。何况还有家义父母上门去闹，进门就给小慈父母跪下了："求求你们的女儿放过我儿子，我们还要过日子！"

小慈的父母放话了："小慈你滚，再也不要回这个家。"她的被子、衣服全被扔了出来，父母丢不起这个脸。

小慈没有哭——一个人的心痛到极点是没有眼泪的。

她跺了跺脚，远走高飞，从此杳无音讯。这一走，就是15年。

这15年，她只靠那七天的回忆活着——一生中有这七天，够了！

爱他，成了我的宗教

1999年，小慈走了。她先来到绥芬河，在那里摆摊卖鞋。有人告诉她，去俄罗斯能挣大钱，那个地方叫叶卡捷琳堡，很多中国人在那里做生意。

她什么也没有——家没有了，父母不认，爱情也没有了——说来找她共生死的人再次放了她的鸽子，她决定出国。

2000 年，她来到俄罗斯的叶卡捷琳堡。

零下 40 摄氏度，每天站在外面卖鞋。一天 300 多件，舍不得雇人，自己一箱一箱地扛，扛一箱要五毛钱，为省这五毛钱，她自己来。那时她的体重只剩下 40 公斤了。每天只吃一顿饭，不敢喝水，因为喝了水要上厕所，上厕所要收费，她舍不得。

她宁可憋着。她穿的鞋有几斤重，8 寸的厚底，真皮真毛，因为要在风雪天站着——但到底还是落下了病，现在一刮风下雨就浑身疼痛，风湿犯时生不如死，颈椎腰椎都有毛病。

还有精神上的孤独呢。

白天累到崩溃，晚上呢？一个人咬着被子蒙上脸偷偷地哭，怕隔壁的人听见，绝望像一万只蚂蚁吞噬着她。

最穷的时候，她和人借一万块钱都借不来——那时和国内打长途一分钟 15 块，借到一万块要费 2000 块的电话费，但她仍然感激借她这一万块钱的人，这是雪中送炭啊。

有一天她又饿又累又冷，想想不知什么时候是尽头，隔壁的人要回去了，人家有父母等着。她呢？她没有退路。她的家义哥也不要她，她父母也不要她。

她想不开了，她想死。死之前只有一个念头：家义哥哥，我们来生再见。她割了腕，血流出来的时候，她不觉得疼，只觉得解脱了……幸好被人发现得早，她得救了，活了。

她暗自发誓，必须挣到钱，挣到大钱，然后骄傲地站在父母和家义面前。

2003 年，她赚到了第一桶金。

非典时期，所有生意几乎全部停滞，她以自己的直觉囤下了很多货物，几万件鞋子，快到冬天的时候别人家没有只有她有，她卖疯了。

这一年，她赚了 3000 万。

2004 年她开始做木材生意，和生意伙伴福哥搭伙。福哥是福建人，诚恳、热忱、义气，他们把一车皮又一车皮木材发往绥芬河。

我问她能赚多少钱？一个车皮是什么概念？

她这样给我解释："一个车皮十万，一列火车有十几个车皮，每天四点发车，七点到，一天一趟，你自己算。"

的确吓了一跳，相当于印钱。

"我那时就有两个保镖了……你想想吧。"

"那时候你和家里人联系吗？"

"不联系。"

"你有追求者吗？"

"有，当时一个州长的儿子看上我了，邀请我去他家的城堡，开了香槟请我跳舞，他向我求爱、求婚了……他一边弹着钢琴，一边等我回答。"

"你怎么回答？"

“我有爱人了，我说我有。他问在哪？我指了指我的心脏，‘在这儿！’然后他站起来，抱住我，轻轻地在我脑门亲了一下说：‘祝福你，小慈。’我跑到外面的雪地里，一遍遍呼喊着家义的名字，我们俩曾经约定，只要喊对方的名字彼此肯定能听到。”

我转过身问家义：“家义，你听到了吗？”

家义说：“那几年我总是心脏疼，觉得她在叫我。我只要不忙了，只要一停下手中的活儿，脑子里立刻闪现的就是小慈，我在梦中无数次喊她的名字。阿丽很恼怒，我觉得小慈一直在跟着我，从未离开。”

“那时你在哪里？”

“我去沙漠，去边疆，条件十分艰苦，想念小慈是我活下去的动力。”

“没有想过找她？”

“找过，但她失踪十几年，连她家人也联系不上她了，以为她死在外面了……”

我又问小慈：“那为什么选择了结婚？”

“为了安全。俄罗斯黑社会多，每天有强奸案。有一个黑社会老大看上了我，扬言要把我弄到手，那时我真的害怕了，与其遭了黑手被强奸，还不如把自己嫁了。何况，家义已经有了婚姻和孩子……我那时相当绝望。”

“怎么挑中第一个丈夫呢？”

“那天我们华人开联欢会，他抱着吉他在台上唱歌，也是又高又帅。因为家义会弹吉他会唱歌，我突然觉得一阵温暖，仿佛看到了家义。然后他就开始唱，唱了一首《不是我不小心》：不是我不小心，只是真情难以抗拒……然后他在台上看着我说，我爱上了一个女孩，她就在台下，今天，我想向她表白。”

“全场就起哄，‘表白，表白！’他一步步走向我，我当时就傻了，他站在我面前说：‘嫁给我吧。’我问他抽烟不？他说不抽。又问他喝酒不？他说不喝。赌博吗？他说不赌。然后我就答应他了。因为那时我就是想找个人结婚，刚好他出现了。我就是忘了问他嫖娼吗？结果他只爱这一口。”

2003年3月，小慈结婚。

“你忘记你的家义哥哥了吗？”

“没有，婚姻和爱情是两回事，我只爱他一个人，我要好好活着，不被人欺负，所以我结婚了。”

一年之后，她还是离婚了。凑合的婚姻到底不合适，那时候，她怀孕七个月。

不合适的婚姻有刺儿，会扎到对方。彼此没有抱怨，分手。她把家里的钱都给了对方，然后，各奔东西。

生孩子的时候一个人，大出血。望着茫茫黑夜，觉得快死了。有人给她前夫打电话：保大人还是保孩子？对方说，保孩子。

她闭上眼睛，没有眼泪。泪水也是身外之物，坎坷挫折让她知道，没有人能救她，唯有选择坚强。

* *

她是他的女孩子，紧紧地抱住他的腰，一分钟都不想撒手了——我爱你的青春年少，我更爱你的中年，你日后的老年。

她的保姆马姐一直陪着她，从孩子出生到女儿 13 岁，这个叫马姐的女人成了命中注定的亲人。她帮马姐的儿子结了婚，又帮马姐找了个后老伴儿，马姐和我说：“没有小慈就没有我的今天。”

和她历经生死的人几乎都没有血缘关系。

比如福哥。

小慈和福哥合作多年，是生意场上交心交命的伙伴。

2016 年，小慈打给福哥几千万救市，很多人不理解，因为这几千万很可能回不来了，但小慈还是把钱汇了出去，她只有一句话：“和我一起生死相依、过命交情的人，我只能拿命抵。”福哥救过小慈的命。

什么是生死之交？就是拿命换过命的人。

2005 年冬天，小慈、福哥、翻译从货场出来，那是上午十点——那时他们已经有钱了，开着一辆豪华大吉普。一辆军车忽然拦住了他们，他们以为要检查就停了车。从车上下来四个彪形大汉，四个壮实的俄罗斯劫匪！他们遇到了劫匪！

福哥是唯一的男性，反抗的结果是被打昏了，四人把小慈和翻译塞上车，用车拖着福哥在雪地里走。福哥的前胸、下颌的皮全被磨掉了，血就那样在雪地里延伸着。

他们又给了他几棍，以为他死了，把他扔到雪地的大坑里，然后把小慈和翻译绑在山上的大树上，让她们对望着。那时是零下 30 摄氏度。

小慈和翻译刚开始还说话，互相鼓励，在深山的雪野中，只有狼群。叫天天不应，叫地地不灵。

到后来小慈失去了知觉，天寒地冻的俄罗斯，好像就要收留小慈了。在生命的最后一刻她想到了两个人，一是刚满一岁的女儿，二是她的家义哥哥。她知道自己就要死了，流出的眼泪冻成了冰。

像《大话西游》中紫霞仙子的那滴泪吗？

家义哥哥，我就要离开人世了。我想见你，可是再也见不到了。如果有来生，我还希望早早遇见你，你还叫家义，我还叫小慈。要比这一辈子早点懂事，我 18 岁就要嫁给你，我给你生几个孩子，我们儿女成群，活到很老很老……

如果来世不能为人，我愿意做一朵小花让你养着，或者当只小猫让你领回家……家义哥哥，下辈子见……那是她最后的意识，眼前晃过家义 18 岁说娶她时英俊的脸，然后再也没了知觉。

她醒来时是一天后了。她看到了福哥、货场的朋友，他们用雪拼命搓她的全身——一个冻僵的人必须用雪搓热全身，否则不是死掉就是全身残疾了。

那一幕她至死不忘——一个自己还流着血的人用雪把她搓醒，福哥发动了全货场的人上山找人，到晚上十点时，找到了她们，她们已接近冻死的边缘，人早就冻僵了。

如果福哥不找她，或者如果福哥不发动所有人找她，她早就死了。但福哥说：我们是拿命相交的人，你还有刚满周岁的孩子，我就是死了也要找到你。

她懂，这是救命之恩。2016 年，她没有犹豫，凑了几千万给福哥救市。“钱可以再挣，命不能！”

从 2006 年开始，小慈开始在国内投资，服装、能源、地产……国外的生意不景气了，父母年迈需要照顾了。

一生痴情相思老

她先接了父母电话：“小慈，爸爸妈妈都老了……”她在异乡的那头哭了，她开始疯狂给家里汇钱，到底是亲人呢。她又接到好朋友的电话：“小慈，我想告诉你一个秘密。”

“什么秘密？”

“你知道家义当年为什么没有去找你吗？”

那是她的伤口，永远的疼痛——小旅馆中等了半个月，说好了一起走，他却不要她了，放了她鸽子。她说：“我不想听！不想听！任何理由我都不想听！”

朋友说：“你必须听，张家义为你自杀了，所以没法去找你！”

她呆住了，那一年的七天之后，家义回家去办离婚，阿丽大哭大闹，父母以死相逼，并且父母跑到小慈家去闹，给小慈父母下跪。

家义的父母说，只要家义离婚就上吊自杀。不仅以死相逼，而且扑通给儿子下跪：“为了这个家，你不能离婚！”

一边是父母相逼，一边是最爱的女子在旅馆中等自己，家义疯了，

* *

每当脆弱的时候，每当绝望的时候，家义像神、像信仰，让她坚强地走下去。直到有一天，她站在他面前，让他看这颗为他而保留的、像水晶一样的初心。

家义绝望了——他冲进厨房，拿起刀捅进了自己的肚子……他倒下了，住了很长时间的医院，出院后变了一个人，一言不发，而小慈已经去了异国他乡。

小慈伏在方向盘上哭了多久呢？她忘记了，她知道她没有爱错人，一个敢拿命来赌的人。她想他啊，只要停下来，空气中每颗尘埃都是他。只要一做梦，就是他，就是那七天。

每当脆弱的时候，每当绝望的时候，家义像神、像信仰，让她坚强地走下去。直到有一天，她站在他面前，让他看这颗为他而保留的、像水晶一样的初心。

在得知这个真相后，小慈的心温暖了。父母也老了，多少年过去了！他过得好吗？他胖了没有？还是更瘦了？他还在边疆吗？

第一次回国的时候，她开车到了他家小区门口，在车里坐了几个小时，只看着那个小区，希望能远远地看他一眼——他在家的时候不多，九成时间在野外作业，只有过年回来几天。于是她就过年回来，一是陪父母，二是想远远地看一眼家义。她是守株待兔的人，就那样守在他的家门口。

一小时过去了，又一小时过去了……她没有等到他，不是想和他怎么样，就是想看他一眼，看他过得好不好？她甚至想看看他腹部的伤疤，那是为她留下的疤痕，她也想给他看看自己腕上的疤痕。那是他们爱过的痕迹，但她没有遇见他。

别人告诉她的消息是他还在边疆工作，有一个十几岁的儿子，除此以外，别无讯息了。

“只要他好就好了。”这是她唯一的想法。

她的事业开始往国内转移，2011 年，一场事故让她有了第二次婚姻。

家义哥哥也有了自己的儿子，她有了一次失败的婚姻和自己的女儿……各自欢喜吧，相遇相知相爱只能是来生——她不忍心破坏了他的婚姻与家庭，还有那份父母要的完整。

她也不想结婚了，就一个人过完一生吧——怀揣着家义的爱情，那七天刻骨铭心的爱情。

但她再度结婚了。第二次婚姻一是因为女儿要爸爸，“别的小朋友都有爸爸，为什么我没有？”一次次女儿问她。怀孕七个月离婚，到女儿十几岁，爸爸没有出现过。二是她出了车祸。

2011 年，她与一对夫妇朋友去天津一起谈生意，下了高速后，车撞到路中间的水泥柱子上。她当时就撞昏了，肋骨折了几根，脊椎骨断裂。

那对夫妇朋友在另一个病房，她半夜想上厕所，翻不了身起不来，叫那对夫妇朋友听不见，喊陪护喊不醒。那一刻，她流泪了——她是个女人，她需要一个男人来疼来爱来陪护，她假装坚强的铠甲在那一个瞬间崩溃了！

她想找个伴了，这么多年，一个人苦巴巴地撑着，看着风光无限，又漂亮又年轻又有钱，可身边只有福哥一家人。这时候，她想要有个家了。

大为出现了。当年她是班长，他是副班长，当年追求过她的人，不早不晚，恰好出现，恰好大为也离了婚。

那天同学聚会，大为唱《丢了幸福的猪》：因为爱你，所以让你选一个更好的归宿……她在黑暗中泪流满面，大为说："让我照顾你，我们结婚吧。"她含泪答应了。

大为也是高大英俊，她选的男人，都是以家义为蓝本，都是个子高高的。兜兜转转20年，她又回到了原点，回到了大院，只不过她已是身家千万的老总。

大为像个大男孩，和她撒娇、卖萌、贪吃。从前大为就爱去外面吃饭，和她结婚后，贪念她做的美食，再也没去外面花天酒地，并且对她言听计从——大为也爱这个美丽善良又勇敢的女子啊。

她得到了所有人的美赞，大为的父母夸她孝顺，公公说："别管别人怎么风言风语说你，在我们心里，进了门不是儿媳妇就是亲闺女！"她每到周末给老人们下厨做饭，把厨房里里外外全收拾干净，给老人买新衣服买五粮液，她不在乎钱！

对大为女儿，视如己出，有自己女儿一份就有大为女儿一份，四个人一起去旅行，她是最温暖的后妈——连大为前妻都能和她成为朋友，更不用说大为妹妹，小姑子提起嫂子直跷大拇指。她以为此生就这样过了，她以为会渐渐忘掉家义。

就让那七天活在心里的最里面吧。

这些故事，是我 2015 年 10 月在京都听到的。我们也以为没有以后了，我为这“七天”在京都的桥上泪流满面过。

但是，你要信命。一切刚刚开始。

家义知道小慈回来了。

出走半生，回到了起点，小慈又回大院了。他是听阿丽告诉他的：你知道吗？你那个小慈回来了，只不过，又嫁人了，二婚了！小慈再度嫁人的消息像把钢刀插进他心里，他正洗着碗，停下看着窗外，窗外白雪茫茫，他痛苦地闭上眼睛。

“你死了这条心吧，少在梦里总叫她，人家谁还看得上你这个穷小子，又结婚啦。”他的心在滴血，他没有一刻忘记过小慈。

为了帮助一个姐妹，小慈在大院开了一个美容院。她投资，也帮助了一些打工的女孩子们，美容院的钱她分文不取。

家义说，他每次从新疆回来，会骑车停在美容院门口，希望看到小慈从门口出来——但他一次也没遇到。

小慈的同学给了小慈一张纸条，是家义电话。小慈看了一眼就撕了。“我怕背下来，怕忍不住，怕给他打电话。我知道一打电话就完了，我就崩溃了，所以我哭着撕了那张纸条，那是家义的电话。”

她已经死了心，把希望寄托在下一辈子了。甚至，她对男女之事都不感兴趣。女儿是因为酒醉后的一次意外，而她与大为是做了一个妻子的义务——她想好好过日子，就这样过下去……

当爱已成往事，她必须逼着自己忘记。

但老天不允许这对苦命恋人分开。

2015 年夏天，她在美容院里听到了一段惊心动魄的对话，也是改变她和家义命运的对话。那是她生命的分水岭。

顾客 A 和 B 躺在美容床上聊天，她剪花花草草。

A：知道吗？张家义长期不回家，即使回家也不和阿丽睡觉。

B：当然知道，多少年了都是如此，还不是忘不了他那个初恋情人，听说做梦还天天喊人家名字……

A：还听说在新疆找小姐，就是找小姐都不和阿丽睡觉……

她站在那里犹如五雷轰顶，关键是，A 和 B 不知道她就是家义的初恋。

她冲出美容院，开车到旷野上大哭。本以为不打扰他，他会幸福一生，没想到是这样的结局——老来多健忘，唯不忘相思。

她一分钟也不想耽搁了，她想要家义电话了，快呀快，否则此生来不及了。

电话是通过小金得到的，那个在日本京都为我讲故事的人——世间所有的巧遇，全是前世的命中注定，包括今天我这个刻骨铭心、传说一般的爱情。

小慈想，她还有下辈子吗？她怕没有下辈子啊……十年生死两茫茫，不思量，自难忘。从 13 岁到 39 岁，26 年过去了，人生还有几个

* *

爱情就是一头怪兽，当你无从选择时，你听从身体的选择，它就像一只奔跑的犀牛，它奔向谁，谁能把你变成一个羞涩动人的小女孩，哪怕只是轻轻抚摸你一下，你就天翻地覆，这就是爱情。

26年。愿有岁月可回首，且以深情共白头，原来君心似她的心，也没有负相思意！

那天夜晚，她颤抖着手指，给家义发了15年后的第一条短信，她只写了四个字，这四个字，是他们的爱情密码。

“家义哥哥。”

她心跳到不行了，她尝过与君生别离，她知道岁月忽已晚，已经40岁了啊。

等待的过程是煎熬的、漫长的，而此时的家义，还在新疆，还在前线，在新疆的一个小村子里做野外工作，风餐露宿，一个每个月只挣几千块钱工资的人。

他回了她短信，只两个字：小慈。

不用多一个字，彼此知道是自己命里的人——思君令人老啊。15年过去了，从那七天分开，生死两茫茫，但仍能一声就辨别出对方的气息。

那天晚上，他们整整说了一个晚上，一会儿哭一会儿笑，15年呢，哪能一夜说完？天亮了，他要去工作了，而她做了一个重要决定，去找他。

她给自己订了一张飞新疆的机票，然后开始想穿什么见她的家义哥哥……她一分钟也不想耽搁了。

纵使相逢应不识，尘满面，鬓如霜。40岁了，她耽搁不起了。日日思君不见君，相隔千重万重山，此恨何时已，她不想再负相思意了。

飞到新疆，她包了一辆车，去到那个小村庄。一个小山沟，离所在机场有十个小时路程，一路上全是戈壁沙漠，荒无人烟。她一直流泪，她的家义就是在这么艰苦的条件下工作，一年又一年，靠着对她的思念活下去，这是他支撑着精神的骨架。以为忘记了，原来一直在心里——无论再活多少年，再遇见多少人，家义是唯一，是不可替代。

十个小时之后，她出现在小村庄，一个条件极为艰苦的地方，仿佛《平凡的世界》中田晓霞来看在矿井上的孙少平。

15 年后，她终于再一次站在他面前。

她看着他，他也看着她，相顾无言，唯有泪千行。

“这些年，你去哪了啊？”这是他的第一句话。

她什么也没有说，关于那些绝望、疼痛、零下 40 摄氏度的冻伤、绑架、流血、一个人生孩子……她只是笑给他看，他说过她笑的时候最好看……她是流着泪笑的，终于又见着了。

……

那天晚上，他告诉她，他很上进，工作很努力，没有找小姐：“小慈，我一生的爱情都在那七天。”

那一夜，他们说了无穷无尽的话，仿佛要把前半生的话都说完。他们只是喝茶说话，没有任何的苟且之事。

他们约定了，这是他们此生最后一次见面，为了彼此的家庭和别人的幸福，他们流着泪许下了这个约定。

小慈走的时候，家义去送她。小慈转身过安检的时候，家义的心脏

* *

『对啊，我心里像养着千军万马，每一匹都想奔向他，就想和他在一起发呆，哪怕吵架都是幸福的。』

开始疼，像刀割一样疼，此生不复相逢的疼痛让他无法忍受。他做了一个人生中最重要的决定，他要离婚。他要娶小慈为妻，一分钟也不想再耽误了。

而小慈也背叛了他们的约定，她要离婚。大为像她弟弟、儿子，那么依赖她，她不想再耽搁大为，也不想背负着这个婚姻再去爱自己的家义。

他们都没有告诉彼此，几乎同时离婚。

都离得惊心动魄。

家义回来过春节，和阿丽提出了离婚。

“本来就是错误，你当时私藏了小慈写给我的信，我要找回我的爱情。”

阿丽绝望地问：“张家义，你有没有一天爱过我？”

家义的回答很坚决：“没有。”

阿丽绝望了，但提出条件，家义净身出户，房子、存款全是阿丽和儿子的，家义全答应了。

他，终于自由了。他不能辜负爱了自己一辈子的女人，也不想辜负自己的心。

年夜饭，他拜托阿丽先不要告诉自己父母他俩离婚了，等过了年再说。但阿丽到底说了，父亲一把掀了年夜饭的桌子，一家人陷入僵持，母亲发话：“不会同意小慈进张家门，15 年前不同意，现在也不同意。”

但家义说："妈，我不是15年前的我了，那时我犹豫、退缩，但现在我要为我自己活一次了！妈，您认这个儿媳妇，两个人孝顺您。您不认，儿子我一个人孝顺您！她是要嫁给您儿子，不是嫁给婆婆……"

家义说："我把所有房子和钱全给阿丽，让她衣食无忧地生活。我把后半生和命给小慈，这是我作为一个男人的选择。"

小慈的离婚并不顺利。大为太好，大为没有错误——从前喜欢和漂亮女孩子搭讪，和小慈结婚后，再不看别的女人一眼，小慈成了他的天他的地——他离了小慈活不了。

每次说离婚，大为都哭得像个泪人。

"小慈，为什么要离开大为呢？大为从不找事，大为很乖，你说大为哪不好，大为改还不行吗？你说大为不会做家务，大为学；你说大为懒，大为变勤快……"

小慈也哭，她知道大为离不开她，爱吃她做的饭，经济收入不高，生活上依赖她，但她等了半辈子的爱情怎么能错过？

她给大为买了房买了车，只有一个条件：离婚。

大为不离："好端端的一个家，怎么能说离就离？我们在一起过了四年啊。"

一边大为逼她，一边是深情的离了婚的家义，小慈想不开了。小慈觉得人世间真苦啊，数不完的春夏秋冬，二十六载相思泪，展不完的万般相思卷，情难绝！情难绝！她想一死百了，全了结。

2016年早春的晚上，她给大为又做了满满一桌子好菜，然后告诉大为：“我困了，我要先睡了。”大为一边看电视一边哦了一声。

她写好了遗嘱。把财产分好了，有大为的，有家义的，还有女儿的。只有女儿让她放心不下，她准备托付给福哥一家——相交过命的交情，值得托付。她笃定福哥福嫂能把女儿养大，她有这个把握。

吞了整整两瓶安眠药后她开始恍惚，在尚且清醒的时候，她把最后的电话打给了福哥：“福哥，麻烦你以后照顾好我女儿。”

然后她什么也不知道了。安眠药开始发挥作用了，最后的影像仍然是家义，18 岁的家义，穿着白衬衫在法桐树下等着她……

福哥意识到出事了，打电话给大为：“你傻呀你，她肯定是吃药了，快送医院！”福哥在千里之外指挥着这一场生死营救。

急救室，洗胃，家义在去外地开会的路上，接到电话命令司机：“掉头，我爱人出事了！”

她醒来看到了家义，第一句话：“家义，你带我走。”家义抱住她，眼泪流到她长发里：“我带你走，你说去哪就去哪，除了死，谁也休想把我们分开。”

家义见到了大为。这是他们第一次相见。在医院里，两个深爱小慈的男人正面交锋了。

“如果小慈选择了你，我转身就走，并且祝福你们，永不打扰。”家义说。

“可是我离不开她呀，她把我照顾得那么好，内衣、内裤全是她给我买，做饭还那么好吃，对我们全家都好，我父母都接受不了……你不知道我父母多么喜欢她，她太善良……”

两个男人都深爱着小慈，都觉得是自己生命中的女人，但家义是用男人的责任担当来爱，而大为更多是依赖。

小慈说：“只有在家义面前，我才是个小女孩，想撒娇，想耍赖，想什么也不干了就缠着他，让他抱着我。在其他所有人那里，都没有这个感觉。”

“这就是爱情，”我告诉她，“一个人的身体是骗不了人的，身体知道爱情。爱情就是一头怪兽，当你无从选择时，你听从身体的选择，它就像一只奔跑的犀牛，它奔向谁，谁能把你变成一个羞涩动人的小女孩，哪怕只是轻轻抚摸你一下，你就天翻地覆，这就是爱情。”

“对啊，我心里像养着千军万马，每一匹都想奔向他，就想和他在一起发呆，哪怕吵架都是幸福的。”小慈甜蜜地说。

大为放手了，他很爱小慈，他不忍心看她痛苦，他希望她幸福。

婚，离了。

26 年后，小慈和家义决定重新谈恋爱，那七天支撑着他们过了半辈子，他们想补一个自己的蜜月。

他们决定出去旅行。

15 年后，又一个七天，他们去了丽江。

家义正好有假期，七天的旅程，不再是私奔，是历经了百转千回终于到了一起。爱情是什么？是让人想着，然后用一辈子去疼去呵护去珍惜。

此时，她是身家千万的杨总，他还是月薪几千的工薪阶层，但他用自行车带着她，穿过丽江的大街小巷。她是他的女孩子，紧紧地抱住他的腰，一分钟都不想撒手了——我爱你的青春年少，我更爱你的中年，你日后的老年。

他们闹了一次小别扭。

路过哈根达斯，小慈问他知道那句广告词吗？家义说不知道。“爱你，就要给你吃哈根达斯。”然后她撒娇想吃哈根达斯，家义说：“买买买！”

两个人在古镇逛了一天，家义忘了，回到酒店，小慈就开始哭，不停地哭。“你怎么了？”家义问，“你根本就不爱我，连个冰激凌都不给买，而且忘了！”她越哭越凶越吵越厉害……家义摔门而去！小慈以为他生气了，赶紧打电话，家义不接。

半个小时之后，家义回来，抱了一箱子哈根达斯，各种口味的冰激凌。

他一把抱起她放在桌子上：“吃，吃个够，这辈子包了，下辈子也包了！”我亲爱的小慈，当你和我又哭又闹想吃冰激凌的时候，我知道这就是我的小慈，不是我有点害怕的老总，这就是我 18 岁就爱上的那个女孩！我要让你在我怀里撒一辈子娇……

他们的梦想是在丽江开个客栈，种种花养养草，再养个小猫小狗，一起做做饭晒晒太阳唱唱民歌，然后执子之手与子偕老。

我应了他们一件事，他们结婚时，我必须当证婚人！

松风停云

*
*

“松风停云”这四个字好，好在闲散、飘逸、不经意，好在若有若无，像一个人在滚滚红尘翻腾过了，收了心，守着一窗山水、一方老砚、一盏老壶、一杯老茶过清明日子。也没有朝代，也无论魏晋，就一个人闲闲散散地过。

还真有这么一个人。但我也见过很多隐士或隐居终南山的人，心还是浮浮、躁躁的，眼神不空灵，还有很多世俗很多困扰。外在的隐是小隐，内心的隐才是大隐。

有一次在云南施甸，和王祥夫老师聊天，说人就应该没有年龄没有性别似的，十八岁有八十岁的心，到了八十倒还像十八。可惜这样的人真少，但黄先生是一个。苏州平江路“停云香馆”的黄先生就是这样有趣的人。

很多有名的或没名的人会找到我，小禅，你写写吧。

我拒绝，不感兴趣的人不会写。但我对黄先生感兴趣，每次来苏州都会去平江路，每次去平江路都会在停云香馆小坐。主人散淡，客人散淡，总共没有说过几句话。

可是没有关系，有人说了一辈子话还是陌生人。

我只与黄先生喝过两次茶，已经够了。尤其第二次，仿佛是久别故人。话甚少，问一句答一句，甚至不答，但都极好。屋内是各种古物、器皿，尤以香器、茶器居多，几张古画闲散地挂在白墙上，那闲散仿佛不经意，又仿佛很经意——我见过的字画装裱“停云处”最雅致。

那昏白仿佛地老天荒，外面的雨也仿佛地老天荒，已经下了三天三夜，却还在下。多好啊，还在下。

苏州的雨真任性啊，像与情人的久别重逢，没完没了地缠绵，又温又润。

第一次来便爱上了苏州，我还记得二十多岁第一次来苏州，一进留园就看见了那棵玉兰。那天也有雨，我哪见过雨中的江南园林，索性就哭了——那时才二十多岁，多好啊。

记得第一次与黄先生喝茶是在一楼，三四人，木炭、铁壶、长相似古人的他，一屋子的日本铁壶、茶杯、香器。屋子中间有一棵枯树，纸灯笼两盏，挂于树上，一切妙极。

那天也有雨，没说几句话。只觉得黄先生的店与他的气场妥帖得严丝合缝。我心想：是个留人的地方，让人心心念念呢。

不多说话的黄先生活得似个晚明人，品茶、玩物、赏器、不张扬，骨子里全是闲散之气。

后来有了黄先生微信，看他每日拍几张停云照片，日光照进来，榻榻米上一双草鞋，或者是那张“松风停云处”也在日光里。黄先生的窗户也净亮，映在白墙上和枯枝相映成趣。那些枯枝旁逸斜出，不长不短，在白墙上晃动。那些菖蒲茂盛得像发了情的猫，溢得那绿到处都是。

已经下了三天三夜雨，我不约而至。

店员是一个安静干净的女孩子，低头叫我：“雪老师。”我问黄老师是否在，她含笑说：“今天恰好在，一个人在二楼喝茶。”“上去叫他。”她便上去。我在一楼看旧瓦当里养的菖蒲和满屋子器物，还有小窗暗影，竟觉得一切似曾相识的熟悉。

黄先生下楼，布衣素衫，没有热络。

只是说：“茶扑了出来，所以迟下楼，请上楼。”

二楼是第一次上来，一般不待客。长长的一条，恰恰好的幽深。

在照片上看“松风停云处”五个字很大，原来只是几个小字，也求人写了这几个字，没有想象中的好，这五个字到底只属于黄先生，就像“禅园听雪”只属于我，别人挂就不对了。

坐在榻榻米上。一张旧茶桌，有裂缝。茶盘里是包浆甚好的几件器物，旧石盒里有一盆菖蒲，绿极了。

“我就养不好菖蒲，”我说。

“北方太干燥，菖蒲喜欢湿润。”

“雨已经下了三天三夜了。”我说。

“苏州就是这个样子，有时会下半个月……”

“我们喝点黑茶吧，朋友刚从贵州带回来的。”他起身去取黑茶。我看到他刚刚依靠的墙有个人形，是他倚靠过久留下的——多数时候，是他一个人在这喝茶。

用炭火煮。“我春夏秋冬只用炭煮水，全国只有我一个人这样吧？我不用电和燃气烧水，那些东西没有感觉。用炭能与水接上，有化合作用。用炭煮的水柔，前段时间我去山里背水，每天去背，然后下山用炭煮了。”

我不以为奇，黄先生是活在时间之外的人，无视时间的存在，这是一个享受刹那的人，这个刹那很重要——一个刹那九百生灭，很多人不知道这九百生灭。

“钱多了无益的，房子大了无益的，多少大房子能留下来？真如佛家讲的，喝好当下这杯茶最重要。”

他说早晨有朋友给他发微信，说他凶巴巴的。

“大先生”鲁迅也凶巴巴的，“凶巴巴的人都有一颗温和的心。”他笑起来，突然像个孩子。

有时又长时间沉默。听雨，又搅了红茶，武夷山红茶，煮水的声音很迷人，他倚靠在墙上的姿势也很迷人。

“我年轻时也招蜂引蝶的。”他笑着说，我也笑起来，我喜欢他说年轻时招蜂引蝶。这很重要。

后来他开印刷厂，觉得可以过自己的生活了，就换样了，然后开始喝茶、收藏、虚度时光。

“美学复苏太难了……没有人沉得下心来过好每一天，太匆忙了。”他偶尔望着窗外说一句。

眉目之间也全是散淡与不经意。一切是温度低的，甚至疏于热络。

“我不愿意到外面去，在苏州待着挺好。很多人都说苏州好，我就在停云处待着。”他身后，还有一幅书法作品，也是小字：家在松风停云处。一幅自在自得的字，挂在那里，仿佛映衬主人个性。

水又沸了，煮水的壶上有好看的花——那么好看的壶是第一次看到。

炭火近红，微雨的苏州有些清凉，但都恰恰好。

“黄先生，我想写您。”每次提出写一个感兴趣的人，对方都是欣然应答。

“您的粉丝太多了，我不希望太热，或者成为红人，不希望被打扰。或者你三年后再写我，那时我也许会更不一样。”

他婉拒，态度平淡。唯一婉拒我的人，可是我欣赏这份婉拒。有的时候，拒绝也是一种态度。不从众，不盲从。

“我的烦恼就是太红了。”有人是这样说过的。

这世间必有一种人，要远远离开世俗之扰，不需要被别人憧憬，也不需要被更多人知道。他只需要有一间屋子，守着一屋子老器皿，煮一

* *

有速度有光感有力量，还有一种虚弱和无可名状的性感。在夜空中飞，在星河里飞，在麦田里，在山川河流里，在无垠的时光隧道里，在你心里。

壶老茶喝。他的内心里，万千沧海早已经过，而喝了当下这杯茶，恰恰好。

我约了他明天再谈，他说，明天再看。

“我得回去和孩子玩，我很腻孩子的，愿意腻在他们身边。”

他有两个儿子，大儿子16岁，小儿子才5岁。

第二天，依旧有雨，我住的悦禅酒店离他很近。黄先生来微信：小儿感了风寒发烧，不能来“停云”了。我说：好。

我居然欣喜这爽约。

花姐

*

*

第一次见花姐是在一个沙龙。几十个女人，个个花枝招展，只有花姐，穿着粗布衣裳。那粗布带着低调的奢华，我能看出，底袍是日本多下手工的那种织布，价格昂贵。

脚下一双草鞋，突兀在一片花红柳绿里。

一眼便记住了花姐。

她戴帽子，梳麻花辫子。别人介绍她快60岁了，我吓了一跳。她明明还是女孩子样子——她的脸微黑，有雀斑，不算精致，但紧致极了，有异域的美。

她的眼神有光，一直闪。偶尔还会有少女的狡黠和羞涩，好极了。

大家叫她花姐，我便也叫她花姐。后来知道她是上市公司老总，也知道了她的本名。后来都忘记了，公司和名都忘记了，只记得她叫花姐，一直在路上的花姐，仿佛没有年龄的花姐。每次看花姐的朋友圈，都在世界各国——她的小麦肤色和那些国家真映衬。

写此文时，花姐正在非洲，在赞比西河上与野生动物一起和非洲的夕阳相会。

照片中，花姐戴一顶草帽，看着岸边的野猪、野牛、飞鸟、狒狒、梅花鹿、鳄鱼、河马……花姐的脸上有恋爱的潮红，那是她与自然的呼应。

我认识的朋友，只有花姐去过南极、北极。周围也有六十岁的女人，一生在循环相同的频率和时间，时间也在无限地循环她。

这种循环是可怕的，是单调、孤独、无聊以及无穷无尽炫耀子孙。抱歉，对这样的女人我不感兴趣。

我从不问花姐的家庭、孩子。她活得如此精彩，何须别人映照？

第二次见花姐是在隆福寺的禅园雅集上，她依旧与众不同。以一种黯淡低调的气息艳压群芳。每次花姐出现，其他女子都黯淡很多。她话并不多，着装多以黑、白、灰、本麻为主，样式飘逸——我无法欣赏前凸后翘，把身体曲线极度暴露的女性。我想花姐欣赏山本耀司和川久保铃，我在花姐身上看到这两个人的影子。

一个看腻了花红柳绿的人才会知道那低调素色的好吧？后来又多次见花姐，她总是淡淡地笑着，素色衣装，戴个小帽子，挎个小篮子，仿佛是少女，仿佛是老妇，仿佛是少年，仿佛是翩翩佳公子。

端午节的时候，花姐来到我在的城市。是中午，我搬了新居。花姐提了自家包的粽子。两个人在日光和老茶里，有一句没一句地说着。她惊呼我的老榆木地板好。

它们是我一块块在旧货市场上收来的。老门板，一块块拆了拼成了地板。

花姐说："全中国只有我们俩用这种风化的老榆木做地板吧。"我笑着和花姐说："我对美的触感有须子，我的须子三米长，隔得再远，都能闻得到彼此的气息。"那天，花姐穿了一身黑色的香云纱、连体裤。走路有风，香云纱有说不出的玄妙和神秘，穿在花姐身上，恰如其分。

花姐的粽子好吃，有肉和鲍鱼。写作累了的时候，就剥开一个吃。

一个足有半斤，就切开，一小块一小块地放在日本的茶碟里，泡些普洱茶，一个下午就过去了，这时候就会想到花姐。

后来在北京荣宝斋的个人作品朗读会，花姐也来了。还是那样干净的笑，还是区别于众人的黑衣。她每次换一顶帽子，每次都能惊艳众人。对于服饰和器物的审美其实是修炼，花姐入了化境。

晚宴在花姐的小馆中。喝了些薄酒，畅谈艺术。

那天醉后说了很多，大多都忘记了。但记得有宏芳、苓飞、大少年敬忠、茶七。

还说了一句特别记得的话："老了，要活成花姐的样子。"我没问过花姐经历过什么，怎样的摔打才成为今天的样子，但一直记得她开阔的笑容、为人的豁达、周游世界的美妙。

一个女人，活得独一无二并且是她自己，隐现出花草的植物气息，这是修为。

看多了油贼贼和粉贱贱，看多了明明二三十岁却仿佛暮色沉沉，花姐是一株菖蒲，一直演绎着最好的绽放方式。

最近一次看到花姐，是在北京正乙祠楼看赵梁的舞蹈《幻茶谜经》。那是赵梁的气场，也是我和花姐的气场。那天的舞真好啊，孤独、绝望、性、宗教、有相、无相。花姐穿了宽大的袍子坐在那里，也是舞蹈的一部分。

每个人都是孤独的，频率相同的人会相互感知。那些频率是火苗啊，灼伤光阴。在感知疼痛的过程中也感知美妙。复杂又纯粹的气场多么迷人。花姐知道它有多么迷人。花姐不是60岁，花姐没有年龄。

我爱花姐。

* *

我没问过花姐经历过什么，怎样的摔打才成为今天的样子，但一直记得她开阔的笑容、为人的豁达、周游世界的美妙。

刹那记

*
*

在潮汕的时候和素莲说，潮汕是一个浓情的地方，日常非常动人。

老宅、老人、老树，满街的猫、狗，门庭上有没落的戏出图案。丰富动人的小吃，与北人不同，每件都细腻。还有没落庭院的花草。像已经失散的时光重聚，在唐诗宋词中找寻旧光阴。

素莲便订了机票飞来，坐着三轮逛巷子，淘了宝物让我猜，并且不许我告诉别人。我舍不得写出来。我们彼此发给对方图片看，有孩子一样的炫耀和得意。

从南方回来后，我们说了很久的话，关于南方、日常、植物。

她久久没有忘记一个老奶奶坐的小凳子，念叨很久。世间有同类，离得再远也可以闻得见彼此的讯息。

我包了饺子她便馋，问什么馅儿的。晚上她便发来图片，也包了饺子，就着红酒。她说，饺子是一种神秘的食物，几种东西混在一起就非常好吃，产生出异常动人的味道。

二喜仍然在卖他的高仿 LV。我写过他之后，他四处和人说：我姐写我了，我姐写我了。大家仍然看不起他。他还是食不果腹，饥一顿饱一顿。依旧没成亲。

大姐和小慧。

小慧成了亲，嫁给我们本家亲戚，不久生了女孩，唤平安。

她说如果生男孩就叫长安。这是她和我去西安时，我们两个说过的话。已经过去四年。大姐也嫁人了，找了老刘，比她大一轮，丧偶，也是我做的媒。

大姐辞去了银行的保洁工作，专门给小慧看孩子——这对母女从遇见我到现在，掐指一算，已经七年。

《落落与君好》中写过大姐，最后一句是：大姐，好日子来了，再也不会走了。

大姐说，雪老师真让你说对了，现在的日子比蜜甜哩。

她们再也不回山西了，但有一次我做山西卫视《人说山西好风光》的评委，我讲到了小慧和大姐给我做的一桌子菜，小慧在电视面前哭到泣不成声。她们的家，在山西阳泉。

《当与君相见》写了寒玉，很多人因了这篇文章跑到碧山。

后来又见过两次寒玉，两个人在宏村的巷子里走。是早春的深夜，巷子里黑极了，我给她唱《春闺梦》，她说我唱得好。

寒玉仍然是正大仙容的长相，笑起来像佛。今年仍然会到碧山，那里有寒玉。

老宅、老人、老树，满街的猫、狗，门庭上有没落的戏出图案。丰富动人的小吃，与北人不同，每件都细腻。还有没落庭院的花草。像已经失散的时光重聚，在唐诗宋词中找寻旧光阴。

学生大萍，因了喜欢我千里迢迢从东北来到 L 城，已经三年。

年前，她春风满面，又送来家里种的大米，笑嘻嘻告诉我："姐，我有对象啦，南方人，贵州的。"然后朋友圈晒出两个人甜蜜合影，写道："春风十里不如你。终于生了根发了芽。"我和她说："买房啊，快点。"她说："必须买，好日子来了。"

《隐士》中的圆光依旧在归隐。只不过结了婚，娶了我见过的美丽女子晗昧，仍然住在查济的山上。因为身体不尽人意，开始学习中医。

晗昧怀孕了，收茶叶、种花、晒太阳……世人看他们是神仙眷侣，但我知道他们的不易——别人看起来完美的生活都有你看不到的难处。

祖母姐姐依旧当她的高官，像神仙姐姐一样。她去世界各地旅行，万媚横生。我给别人看她照片，多数人猜她只有 30 岁。

她是两个男孩的奶奶，是永远的高龄少女。长发飘飘的祖母姐姐活在别人的想象中，她是时光的逆行者。这样的人生，是猫的九条命——你永远不懂她的世界。

《小镇姑娘》张书林依然是最出色的服装设计师，妖气重重，每次出场艳压群芳。在成都开了"楼上的拉姆"分店。

我去川大讲座，两个人在成都小酒馆中喝咖啡——这世界上，书林只有一个。我所有独一无二的衣服，全部出自这个世界上最好的裁缝。

我们成了莫逆之交，她美艳的样子永远甩开这个时代。

我所有写过的人中，楠姐和我走得最近，成了亲人。每周来禅园两三次，一起吃饭喝茶聊天。

她仍然卖橱柜，但开始跟着我去天南地北。终于坐了第一次飞机，认识了我周围很多名人。我朋友来了，她坐免费公交来，依旧一人一枝花。仍旧嫌我不会收拾家，每次来大扫除，种花、养草。还是在那个被她嫌弃的男人身边。

楠姐说 :“最难的时候他帮过我，我不好意思。”

有一次我急用钱，楠姐说 :“我有五万，全部家当，全给你。”中午趁老板出去吃饭，她跑了两个银行才把钱打给我。那是楠姐全部财产。楠姐只有五万，把五万全给了我。

写到这里，我写不下去了，眼泪流得到处都是了。

H 是那种有野功夫的人，但一直隐居深山。这种人顶可怕。

从北京回来说起铁凝，她成了仙儿。文字赋予女人的精神强度，张力却是静水流深的事情。

我们已经八九年未见。她比从前略瘦，又说 :“我是看着你成长的。”

这句话很温暖。她在河北作协时我才二十多岁。她依旧没有年龄的样子，保持着岁月赋予她的优雅。

那天她穿白衣黑裙，便更有“高龄少女”之感，其实已近六十岁。头发依旧黑，估计也染过。声音像播音员，尤其念稿子时，鼻音纯正。

我和 H 说起时，H 说，有些女人天生有这样永远动人的禀赋。

我对 H 说，九、十月份我会相当忙。去日本、台湾、厦门大学、中山大学……像一个陀螺，转啊转，转啊转。

但内心又那么孤独，我恰恰迷恋这孤独。

窗外的广场舞震天动地，夜晚亮如白昼。去香港时感受更为强烈，永远没有黑夜，灯永远亮着，没有白天与黑夜之分别。

H 说：小时候的夜晚才叫夜晚。偶尔有狗吠。万籁俱寂，漆黑一片。冬天一开门，有半米深的雪。天空是高的，空气是清冽的，眼神是干净的。

我听着听着就睡着了，醒了 H 还在。我抱歉地说："太累，睡着了。"

她说，"我也是"，躺着躺着就睡着了，大概是老了……

我们又喝了会儿茶，说了些家常，散了。

俱是东坡意

*

*

深秋的时候，萧索枯冷的感觉恰如其分地袭击而来。又逢秋雨，淅沥间是一杯冷下来的老茶况味，也是人到中年的况味。

此时的心境和意境，适合欣赏纬东先生的书法，也适合寻找千年前的东坡味道。萧萧苦雨中，一人庐，吹着尺八，听着秋雨，千刀万仞走过之后，坚韧苍劲，依然率真，于老辣中不失天真稚趣，于不动声色中笑傲江湖——他跌宕起伏的人生成就了艺术的孤独和灿烂。

看《寒食帖》时，空气中都是苦雨的味道，闪着傲骨的光泽，而我看纬东先生的字，看出了东坡意——他与千年前的苏东坡隔着时光的两岸遥遥相望，彼此辨认，在时光中相亲。这是精神上和灵魂里的确认，清晰可辨。仿佛故人归，又仿佛久别重逢。

一个人的时候，常常觉得是和古人待着。看着古画和书法名帖，会

* *

秋雨秋声里，煮了老茶，看墙上挂着他临写的字，是苏东坡的《寒食帖》，那里面藏了他孤独的魂儿。

越来越觉得自己像一个人，比如张岱，比如袁枚。

我曾说愿意嫁给张岱这样的人，和袁枚成为知己（甚至可以当他挑小妾的参谋），然后和苏轼当邻居，看他赏月、歌赋、诗词、孤独。有一种纬东先生转了世的感觉：旷达、豁亮、才情横溢，既大江东去又孤意深情，既高处不胜寒又何似在人间。

书法拼到最后绝非技巧，而是书品、人品、文品。

真好啊，人到中年，我终于看出了纬东先生的东坡意——在经历了竹杖烟雨和斗峭春风后，在人到中年的一蓑烟雨里，回首望那充满了孤傲、任性、野气、文人气和人情练达的字里，是我们每个人的宗教和哲学——太年轻时，我们只要美，从而忽略了好。

我认识纬东先生有十几年了，或者更多。我那时只觉得他的字不美，这是多么单调而乏味的判断，用美来衡量艺术几乎是最低级的，好才是好，好比美要大、要壮阔、要包容、要体慰人心。庆幸的是，在多年之后我终于识破了他字里的江山，字里的万千柔韧、洒脱不羁，甚至带的几分自得、孤傲和不甘，但孤独更多。

我更欣赏他字里行间的萧萧文气和如秋雨般的淋漓孤寂——一个文人，心的最里面没有大的孤独，硬的孤独，无人能识的孤独，怎么能写出好字？

我不知他自己是否意识到被东坡先生附了体，但字里字外，他有东坡意。

文人酸者多，他不酸，且也显现出从容练达江湖气，偶尔露出霸气峥嵘，一副谁能与我同座的表情，无非清风、明月、我。

他又好古，爱古人那个做派，谈笑间仿佛时光逆行。

他又古道热忱——我所知道的他帮助过的人就不计其数。

他又侠骨柔肠，对朋友热烈赤诚肝胆相照，多有付出，且不提及。不提及是境界，是《锁麟囊》中的薛湘灵，送了木桃，非为报也。

这是书法之外的东西，这又是书法之里的东西——好的书法一定夹裹着人品。我偶尔觉得他是《水浒》中的人物，有林冲的影子，但到底又不是，他也乱石穿空惊涛拍岸，他也雄姿英发羽扇纶巾，但更多的时候，一个人写字，是大雪飘扑人面，朔风阵阵透骨寒。谁又不是呢？内心里养着万匹野马，惊雷滚滚，表面上不动声色。

我还欣赏他的纵酒和打麻将。牌桌上更见一个男人的品德和风格——大艺术家都烟火浮现，谈笑间樯橹灰飞烟灭？谁规定必须清高寡淡地过一生？麻将打好了，字才能更好，不到中年，我焉知其理？

去年他迷上了唱戏。可不得了，每天仿佛只剩这一件事了——每次见他都戴着耳机摇头晃脑在唱，入了戏坑的人大多是这个状态吧。他尤爱马派，一张嘴就是马连良。

根据我当票友多年的经验以及听出耳油的辨识度，他根本没在调上，而且发声还不是戏曲的发声。但，又何妨？他的字里没有戏啊，加入了戏曲，像老茶多藏了两年，味道更不一样了。

有一次与何作如先生喝老茶，他拿出红印给我们喝，一口下去，神魂颠倒，何老说，这就是时光的力量啊。

普洱茶在转化过程中，到底发生了什么？终于爱上戏的纬东先生到底给他的字又加了些什么？而这难以预料也说不清，复杂着的单纯，单纯着的复杂，这就是性感的迷人的艺术，就是“通了、化了”，就是成了自己的仙，得了自己的道。

有一次，在一起吃饭，吃到一半他突然站起来，非要给大家唱戏。不听不行。这是他的任性好玩之处，我们听了，掌声四起，他对我说：“我马上能赶上老卢。”老卢是我们共同的朋友，我告诉了老卢，老卢说：“吹呗。”

又有一次老卢发来视频，说：“你师叔又唱上了，比我差远了。”我乐得前仰后合。

纬东先生长我几岁而已，我却时时唤“师叔”，有点像武侠小说。因为有一年我拜了刘京闻先生学字，字没怎么学，但真成了徒弟，纬东先生说，论辈分，你必须叫我“师叔”。这样的佳话也是难得。

他好老茶。

老茶如好字，品起来要有懂的人。有人说他收藏了很多老茶，我搬了新家，他提了老茶来，煮了喝，一屋子香，像熟透了的秋天，像他的字——至化境，人书俱老，但还藏着天真孤独，那里面有光阴的一把秋雨，有老茶，有西皮二黄，人间有味是清欢啊。

求过他的字，记得最清楚的一张是《松风停云处》，且在松风下，且在停云，且将新火试新茶，诗酒趁年华。看看字，唱唱戏，喝喝茶，弹笑间便是一生，白日放歌须纵酒，他在字里、画里、茶里、戏里活成了苏东坡，管他呢？胸中有千壑，人情练达即文章，西北望，射天狼。

秋凉夜深时看过他的字，也能看出人世间的暖意，特别是他写给爱女的信，字里行间全是深情——在这一瞬间心是柔软的，苏东坡深情起来比谁都深情——不思量，自难忘。

无论什么时候，好的书法作品不可或缺的恰恰是人的深情。

我尤爱他笔下这稍显脆弱和柔情的深情。

师叔说待我写这篇文章，送一饼老茶给我，到时候约上三五知己泡泡老茶，唱段老戏，然后就着三盏烟火一轮明月，“闲与仙人扫落花”。

秋雨秋声里，煮了老茶，看墙上挂着他临写的字，是苏东坡的《寒食帖》，那里面藏了他孤独的魂儿。

老少年

*

*

王老师挺难写的。我写了二十多年了，洋洋洒洒的《裴艳玲传》几十万字也写了，更写了许多大人物小人物。不说妙笔生花也是下笔有神，但我应了王老师写他，应了很久一直没下笔，不知这一块硬骨头从哪里啃，又觉得写哪哪都不对。

我生平觉得自己是才女，又写字又唱戏又画画，已觉得有小得意，但我嫉妒一人，这人便是王艺老师。

我私底下叫他“王大咖”，又叫他“老少年”。他实在太讨厌——文武昆乱不挡，写诗画画篆刻雕塑写文章谱曲……简直没有他不能的，而且颜值高到让很多男演员“眼气”(这是句山西话，嫉妒之意)，又是美术学和经济学博士。气焰这样嚣张，低调到放肆，跋扈到清凉——我如果是男人，是不肯和他交朋友的，简直太自卑了。

但他孤独。

是高处不胜寒的孤独。

那孤独是空气，是无意间的眼神，是众人喧哗的时候，他去抽烟斗。是在中年后，他自己写下这句话："有时开车在三环上，想一下子撞上去……"

那天是他的一个展览，他光彩夺目，众人环绕。中外友人以及各种名流。我第一次看到王老师，他帅得迷人，举手投足间全是演给别人看的，并不真实。我忽然在展览序言中见到这句话，心忽地一疼：所有搞艺术的人都有与生俱来的孤独……

我托人给他一本新出版的文集，匆匆而去。那样盛大而隆重的场合我觉得无所适从。

但王老师说我文字好，说女子写出这样的文字真难得。我恰巧在中央美院有讲座，于是约了三五知己喝个下午茶，从此熟起来，越来越彼此了解。

王老师偶尔从高处下来，去廊坊小城吃我炖的肉，三五知己聊天说话，光阴过得慢且有光泽。别人只看到他的光泽，华丽之下却是自己的酸楚——他每日睡觉少，只几个小时，又长期写作画画，再应酬各种场合……冷暖应自知。

看过他收藏的古董，一屋子全是，还有书画，还有他黄金地段的时代美术馆……但凡第一次见的都惊讶。我却觉得疼惜。所有的一切是给外人看，他藏起的不堪与酸楚一个人独吞。隔花临水时一见，只许腰肢背后看。

有时会劝他:王老师，身体顶重要……他都明白，但他是发光的人，要照射别人。何况他经历丰富，有了复杂却又简单的气场。

他身上迷人的东西太多，一种复杂、说不清的东西在环绕，足以倾倒众生。那是艺术、生活、颜值、经历杂糅在一起的气场，并不是每个人都可修得，皆是上天福报。

我的新书《在薄情的世界里深情地活着》中写到了王老师，那篇文章叫《自渡彼岸》，十七岁考入武汉大学，家贫，整个冬天借同学的棉衣穿。他说少年时不知“被子”为何物，每天缩成一团便睡去，长期饥饿，一日三餐食不果腹，但他记得武大樱花是美的。

自渡彼岸，以光阴为楫，任风吹任雪来，很多光阴必须一个人走过。

老少年王老师也是如此，不自知间，书法、画、文字、雕塑……都有了老意，通会之际，人书俱老矣。

但我最希望看到王老师抖抖身上多余的光阴，一个人拿着烟斗，站在风中，像个少年一样，精神明亮地笑着，身体健康，一粥一饭吃下去。那么好那么香，偶尔写篇文字，醉我们几百年。

* *

他身上迷人的东西太多，一种复杂、说不清的东西在环绕，足以倾倒众生。那是艺术、生活、颜值、经历杂糅在一起的气场，并不是每个人都可修得，皆是上天福报。

仙妖伶

*

*

想起这三个字，也只有曾老师配得上。

一直想写曾老师，时间越长反而越不敢写。一个人美到“咚”的一声让人心里一颤，生活中又朴素得像邻家姐姐，这个人只能是梨园戏皇后曾静萍。

我常常以为 1963 年出生的曾老师只有十六七岁。无论是舞台上还是生活中。少女的恬静、纯粹、干净、羞涩，曾老师都有。

永远难忘第一次见曾老师，惊艳。我只愿把这个词用在曾老师身上。只愿，且是唯一。

中国音乐学院，各种戏曲的调演，京剧、昆曲、黄梅戏、评剧、梆子、秦腔……自以为熟知戏曲形式的我，突然看到了曾老师。

全是折子戏。记不清曾老师唱的是哪一出了，先是乐队出来，鼓师先惊住了我，赤脚上来，穿上一双白袜，然后把脚抬起来压在鼓上（后来知道是压脚鼓），然后她出来了。几乎似妖似鬼飘出来一样，那飘逸的样子瞬间袭击了我。这世上，一定有一见钟情，一定有“咚”的一声掉入了深渊再也不想见天日。

那天她一身红衣出场，闪着红幽幽的光。她一转头，巧笑倩兮，绝不媚俗，绝不讨好，却是女孩子的一派天真乖巧，有娇嗔、有羞涩、有端丽。那眼神中有赤裸裸的朴素的诱惑。再也没见过那样的眼神，那举手投足间早已超越了万种风情，我看到的只是天真烂漫和灿烂光华。她一个人，光芒万丈。

之前被各种戏曲折磨得快昏昏欲睡的我像被打了一针：她是谁？快告诉我，她是谁？我迫不及待地问前后排的专家学者，几乎是怀着发现了宝藏的惊喜。

曾氏静萍，梨园戏。

什么是梨园戏？自以为痴迷戏曲的我对此居然一无所知。

比昆曲还要早一百年，梨园戏只有一个戏团，在泉州。哦，泉州。

我决定去泉州，找曾老师，听戏——有时候我感激自己有这种烫人的温度，我愿意到老都保持这种温度。这种温度是一种生命力，愈是到中年愈是感觉明显。

恰巧泉州师范学院请我去讲座，我欣然应允，因为曾老师在泉州。我竟然迫不及待想去泉州。

宛转从朋友处得知曾老师电话，一个电话打过去，请曾老师当我讲座嘉宾，曾老师在电话中声音像女学生，居然一口就应了。

泉州师院见到台下的曾老师，穿了一身黑衣，眼睛眯起来笑，唱了一段梨园戏，恰映衬十二月的南方天气。我被曾老师天然去雕饰的女子气质迷得难以自拔。

她哪里像五十几岁的人，分明是个女孩子。又娇又俏又可爱，偶尔露出些男孩子的调皮，一笑露出洁白的牙齿，迷人。

不久曾老师到北京梅兰芳大戏院演出，我拉着老卢和老曹去看戏。是硬逼着去的，他们对梨园戏也一无所知。

当晚是《董生与李氏》，老卢看到一半拍大腿。老曹说：曾静萍，我爱死你了。两个人也被迷倒。老卢说：不行，得弄到廊坊演一场，迷死个人。曾老师在戏中演小寡妇，把幽怨、相思、恐慌、羞涩演得淋漓尽致——最为迷人的小寡妇。

编剧是被章诒和先生美赞的王仁杰老师，烟不离手，号称长寿秘诀，抽烟喝酒吃肉熬夜，不亦快哉。戏后宵夜，一帮人找了苍蝇馆子，曾老师像小男生又像小女生，简直雌雄同体。王仁杰老师一杆大烟枪，众人皆笑王老师专写小寡妇。

王老师说：因为曾老师演小寡妇最好，所以我去写小寡妇。两人搭档二十载，彼此默契。王仁杰老师亦不像七十岁，天真如少年，笑起来又荡漾。南人的朴素、天真、妖娆他们都有。

喝了些薄酒，趁兴而归，车里放了南音，一时又觉悲凉。

南音不能长听，长听会哭出来，但曾老师要长看，越看越迷，成了戏精。

果真来了廊坊演出。当天我是主持人，一袭素色旗袍，表达了对曾老师疯狂喜爱之情。我不管，我就要他们爱屋及乌，这点调皮，我像曾老师。

曾老师最打动人的地方在哪？我细细想了想，可爱、调皮、率真、没有年龄了。她偶尔鬼黠地笑，像个大男孩儿。提起她小时候在戏校，喜欢这个人物就拼命练，不喜欢就翘课，躺在宿舍睡觉。

二十世纪九十年代，曾老师也曾厌烦。戏曲不景气，所有人全下海，曾老师也离开了梨园剧团下海，去开服装店、小书店，心里更茫然了。“好像挣的钱不是钱，也不快乐。每天不快乐，除了听戏的时候。”

王仁杰老师也有意思，《董生与李氏》的剧本写好了，偏不说请曾老师回去，每天书店逛一趟。逛一趟就走，什么也不说。

一个想请，一个想被请，耗着，谁也不说破。好玩极了。曾老师说：“他怎么还不请我回去唱戏啊……”完全是迫不及待的心理了。

到底书记开口请了，有了台阶，又回来唱戏了，高兴啊。

只有回到戏台上，曾静萍才美才妖才仙儿。有很多人说：怎么曾静萍台上台下差那么多。台下就是一普通中年女子，怎么到了台上就美得不可方物？简直颠倒众生。

那恰是一个好演员。一上台就附体，犹如李氏、赵小娘。李氏是压抑又内敛的风情万种，又俏又娇又美，惹人怜爱。

《朱买臣》中的赵小娘原本是可恶的角色，改编自《马前泼水》，本是好吃懒做、嫌贫爱富之人，唱功不多，大多是肢体表演加上听不懂的闽南话。就是这样长达三小时的闷戏，让曾静萍演得又可恨又可爱，只觉得这小女子刁蛮可爱得紧，连嫌贫爱富都恰好似的——不知不觉就原谅她了。

她有这个本事，演坏女孩都俏皮——身体里每个细胞都会说话似的，那眼神是春风啊。她一个人演大闷戏时，就一个人在台上，也没有唱。可是，每一刹都光芒万丈，内心戏全在台上，一点缝隙没有，满满的全是春江花月夜——曾静萍真会演戏啊，这一点大多同行都认可。

三晋第一刀马苗洁老师提起曾老师说："中国现在的演员只服裴艳玲、张火丁、曾静萍。"

台下是一株植物，安安静静的一坐，有时又像男孩子一样调皮。可是一上台，那风华绝代、风情万种，好像开了一树又一树花，粉艳艳的，却绝不轻贱。

看多了很多女伶粉贱贱的样子，甚至是油腻腻的，一身的奢侈品，看到权势之人便搭讪。曾老师就是清泉、明月、云中鹤，以超越了她年纪的女孩子形象干净纯粹地演着戏。一笑，更倾城。

想起来来回回去过泉州五六次了，每次去曾老师都请喝茶吃饭。有一次在海边，一起与曾老师看海，她笑起来更像个孩子了，那朴素天真的样子真迷人。

剧团的厨师好，闽南菜做得地道。海蛎煎、泉州春饼、炖牛肉、土笋冻、蚵仔煎……外面是绿树和闽南的建筑群。土笋冻里全是虫子，北方人难以消受，我却能吃，曾老师说我有口福。

女孩倩倩，因为喜欢梨园戏和曾老师，一路追随过来，就留在了梨园剧院，慢慢成了很出色的编剧，后来编了《御碑亭》，曾老师的演出效果相当好。演绎这些幽怨的女人，曾老师如鱼得水。

大连男孩楚布，我是在北京遇见他。他是曾老师多年的戏迷，曾老师演到哪里他看到哪里。“你应该写写曾老师。”几个月后我在微信上说要写曾老师了，他说：“终于！”

越来越多年轻人喜欢梨园戏。其实是喜欢曾静萍——有些人天生有这种魔力。一个伶人，如果没有万众瞩目的气场，如何能成为名角儿？我问戏痴老曹喜欢曾老师什么？她说：“干净、朴素，到台上又风华绝代，天生一个曾静萍。”

曾老师会留白。她不说满，不洒狗血，一个转身一个背影已经销魂。真正好的艺术都不动声色，都于无声处听惊雷。

还有朋友说迷恋曾老师的笑，一笑像月亮。

前几日去苏州出差，遇见苏昆的朱瓔瑗。我在饭桌上就夸曾老师，她问：“曾老师是谁？”我有些嗔怒：“唱戏不知曾静萍还唱什么戏？”知道话说重了，又往回收，“你一定要看曾老师的戏，女伶之范本也。”

足可见曾老师在我心中地位。

伶人已写过裴艳玲、张火丁、曾静萍。有人问我三个人的区别和共同点。我说：三个人都表里俱澄澈、肝胆照冰雪，艺术上都是翘楚。

裴艳玲是老岩古松、颜真卿书法、普洱老茶，又苍又劲；张火丁是雪中孤梅、龙井冷茶，是苏轼《寒食帖》；曾静萍是玉兰冰清、温热红茶，

* *

那眼神中有赤裸裸的朴素的诱惑。再也没见过那样的眼神，那举手投足间早已超越了万种风情，我看到的只是天真烂漫和灿烂光华。她一个人，光芒万丈。

是行云流水的《兰亭序》。都好，都妙。

有时候想，能与她们生在一个时代何其有幸。这样一想，心中开出一朵花来。

最安静、清幽、妖媚的一朵，是曾氏静萍。

闲情寄一生

*

*

我上大学时，同室的女孩画画，每天捧着《芥子园画谱》。我便随手翻，看到李渔二字，又看到他的书《闲情偶寄》。

我那时尚年少，只喜欢西方哲学和看不懂的艺术，翻了翻，只觉是春花秋月、吃喝玩乐——二十世纪九十年代正轰轰烈烈的时代，社会和人心都是热的，我们还用手写信，还坐绿皮火车千里万里去看一个人，还那么坚信诗和远方。

忽然人至中年，忽然到今日。扑面而来的是种种应接不暇的相亲节目、极度娱乐化节目……忽然读到“孤洁以骇俗，不如和平以谐俗；啸傲以玩世，不如恭敬以陶世……高俊以拒物，不如宽厚以容物”。

我重新遇到了李渔。

几年前在保利剧院看了关锦鹏导演的《怜香伴》，四百多年前一对

“女同”的爱情，再翻李渔的《肉蒲团》和《闲情偶寄》，这个与汤显祖并称 17 世纪最伟大的戏剧家，在当时是如何惊世骇俗的？他一定被传统的文人所不耻。

反传统、反流俗、自觉卸妆、走下神坛落入市井。戏班老板、编剧、畅销书作家、服装设计师、家具设计师。而且在众人眼中，他是这样的：媚俗、低俗、爱财、恶趣味、叛逆、色情、放浪形骸、自由自在、娱人娱己。

毫无疑问，李渔是当年的娱乐大咖——风头一时盖过当时的文人。

今天的人们评价李渔，说得最多的是：一颗有趣的灵魂——历经万转千回，终于知道有趣的灵魂多么重要。

李渔生于 1611 年，卒于 1680 年，一生有一半在明朝一半在清朝。很不幸，他赶上了崇祯十七年。那一年李自成攻入北京，崇祯皇帝景山上了吊，这是 1644 年。

明亡，李渔正值中年，34 岁。他 25 岁科考，中了秀才，之后乡试落选，再去考，遇到李自成造反，一步到了清朝。

李渔 1611 年出生在普通家庭，父亲经营药铺，母亲操持家务。那个叫如皋的江南小城，因为李渔，熠熠生辉。

用现代眼光来衡量李渔，有两大文化产业：芥子园出版和商业演出。中国文人最早的商业雏形其实恰恰映衬那个朝代——明末清初，颠倒混乱。每每改朝换代之时，便是文化大繁荣大冲撞之际，在慌乱中大概唯有声色犬马才能找到内心的存在。

* *

有时人和人的相逢就是为了看一朵花开、唱一段戏、享一段春风，我们相逢，也许只是为了向美好低头，向爱臣服，向时光中所有的命运交代。

李渔的《无声戏》《怜香伴》《闲情偶寄》应运而生，仿佛是为醉生梦死而准备——他俗到极致，也雅到了极致，大俗就是大雅。

林语堂对李渔的生活美学推崇至极，而我则欣赏林先生那份江湖上的游刃与洒脱——生活从来是第一位的。

在园林设计、书法绘画、饮食养生、服饰妆容、明式家具、日常用品、器皿选型上，《闲情偶寄》绝对算得上是百科全书——李渔一生造园三所：芥子园、伊园、层园，无不匠心独具，特别是芥子园，千古留名。

在饮食养生上，他提出：蔬食第一、谷食第二、肉食第三……又说丝不如竹，竹不如肉，脍不如肉，肉不如蔬……简直是对天地万物的深情。

我爱上厨房方知他的妙。每每切了萝卜丝做凉菜，便想到他这样写：生萝卜丝做小菜，伴之以醋及它物，用之下粥最宜。

我熬了粥并切萝卜丝，又爽口又下饭。他说萝卜初见似小人，相处久了知道是君子。

有时候想想为什么深爱这样一个对生活深情的人，因为他不仅仅是文学家、戏剧家、名士，更重要的是一个生活美学家——生活美学才是最动人最深厚的美学。

李渔无疑是一位家具设计高手。

“凡人制物，务使人人可备，家家可用。”

家具活灵活现地出现在他的《闲情偶寄》里，几张床榻，几把明式黄花梨椅子——直到现在，明式家具仍然是家具中的贵族。

56 岁以前，李渔以卖文、出版为生。所出书籍，无一不畅销。当时他住在杭州，寓所题名武林小筑，成为中国历史上第一位“卖赋糊口”的专业作家。

《怜香伴》《风筝误》《意中缘》《无声戏》，这些畅销书被当时正统文人所不耻，但一经问世，杭州纸贵。《笠翁十种曲》极度畅销，三千里外能看到他的书，这是中国第一个畅销书作家，并且把作家和生活美学家融为一体，成为一个立体、生动的人。

李渔懂情趣，懂生活，懂女人。

在《闲情偶寄》中，他这样写：“金屋不可设，药栏花榭则断断应有。”李渔说：“富贵之家如得美人，园内应遍植名花，她可晨起簪花，随心插戴。”——这是怎样的风情？

我楼下有花园，夏秋时分，亦爱别一朵在襟上。他又说：“女人衣衫，妇人之衣，不贵精而贵洁，不贵丽而贵雅，不贵与家相称，而贵与貌相宜。”真是最懂女人的男人——世界上最好的服装设计师几乎全是男人，男人才能掐好女人的七寸，才能“一剑封喉”。

李渔写女人的态最妙。李渔曾帮一个官员选妾，三个女孩子，突然叫她们的名字。一个马上直眼答应，一个低了头答应，最后一个走了一步，又回头轻声答应了一声。

李渔说：“就第三个，风情啊。”

还有一个躲雨的女子。雨天遇一贫寒女子，30岁左右，一身素衣。大家挤在亭下避雨，她挤不进来，干脆随之任之。

李渔看她便有“态”。这个“态”便是姿态。

他说女人要有媚态，女人要穿八幅裙。此媚态不是狐媚，是指好气质。气质之于女人，就像“火之有焰，灯之有光，珠贝金银之有宝色”。想想自己遇见的那些让人过目不忘的女子，大多不是因为倾国倾城，而是被她的“态”和气质所倾倒。

有一年去日本，看到满街是七八十岁老太太，银灰色头发，黑白灰的裙装，个子不高，化精致的妆，顿时觉得只配用“优雅到老”来形容。

又见率性的女子，白衬衫黑裤子，一头短发，站在街边吸烟，简直性感至极。

还有中年女子，虽然微胖，但灰色长衫得体大方，又是另一番性感。

倒是涂了胭脂水粉浓妆艳抹穿露背露胸装的人，格调低极了，一点也不性感，恰恰诠释了“媚俗”。

女人不在貌而在“态”，进入晚年的刘索拉染了一头白发，戴了灰色眼镜，一身中性服装站在舞台上唱她的歌，非常迷幻，非常独一无二——独一无二的气息可以从每个毛孔散发出来。

有些人以非均码状态和大众保持了独特的姿态，她永远是时光的少女，从不衰败。年龄只给她增添了无限的性感和魔力。

李渔和莎士比亚是同时代的人——那个时代真是辉煌璀璨，所有的灿烂会在同一个时间段绽放——我一直相信宇宙间有极大的奥秘，相信时光安排好了一切。甚至经度，甚至纬度。它们像幽灵一样，决定了一切的发生。

在保利剧院看《怜香伴》时不由感叹：四百多年前，那是多么前卫的事情——两个女子相爱，为了爱情和相守，嫁给了同一个男子。

在震撼的同时，我开始隔着四百多年的光阴打量这个叫李渔的男人。

毫无疑问，他是我心里最好的戏剧家——他也用他的一生验证着自己的传奇。

李渔曾经有两个梦想：生儿子，有自己的昆曲家班。

第一个在 50 岁时实现了，第二个在 56 岁时实现了。

56 岁他进京，在京城刮起旋风，他献文、献联、献艺……众官员一时被他倾倒，无法动弹。每天的宴请让他如沐春风，他甚至感到人生才刚刚开始。

李渔是极现实的享乐主义者。在早年，他在兰溪夏李村建造过“伊山别业”的宅院，宅院内有燕又堂、来泉灶、宛在亭……又选亭一座，名“且停亭”。

我能想象李渔当年享受的样子：唱戏、品茗、喝茶、看花、焚香，然后吃蟹黄最多的螃蟹。“窗临水曲琴书润，人读花间字句香。”那时李渔有了三个妻子、两个女儿，他的梦想是有个儿子，然后再有个戏班。

在 50 岁这年他有了儿子，来京城之后他遇上一个人，这个人是陕甘总督贾胶候。

他约李渔去陕甘一行，正是陕甘这一行，让李渔有了自己的家班，终于实现了这一梦想，他有了乔姬和王姬。

左乔姬右王姬，两个绝世名伶在他身边，一一上演光阴中的爱恨情仇，他因了她们而精神焕发，仿佛回到少年青春。她们也因为他而努力绽放，如一只蜕变的蝴蝶，终于甩开那毛毛虫的阶段。

他先到山西平阳，得到了一个朋友赠他的女人——乔姬。

“姬”这个字莫名其妙地动人了，自带一种妖娆的芬芳。乔姬的美貌让李渔一震，关键又是唱曲儿的天才，虽然是北方人，但柔美娇嫩。虽然未读过书未唱过戏，但很快成为名伶。

后又到甘肃兰州，甘肃巡抚刘斗赠给他王姬，那时女人地位真是低下，就这样被赠来赠去，仿佛一个物件，失去也并不可惜。李渔又得了个美人，王姬相貌适合扮演小生，他恰恰又遇上70多岁的苏州老伶人来兰州传授昆曲，乔、王二姬并不识字，但天资极高，只消得几天便学会了昆曲。

两个北方姑娘说着吴侬软语唱着昆曲，李渔开始了带着他的家班游走江湖的生涯。

二姬也真是绝顶聪明，李渔本人也慨叹：乔姬是山西临汾人，出自贫家，不解声律，所撰新词，朝脱稿而暮登场。同代的大文人周亮工曾这样评价：“乔王二姬真尤物也，舞态歌容，当世鲜二。”

她们是他的伶人，也是他的妻妾，从此妻妾组成戏班，“纷纷儿女共乘车”，“数年游燕适楚”，去过山西、陕西、浙江、湖南、福建。彼时乔王二姬十五六岁，他已过六十，两位痴心多情女子不过在他身边生活五六年，因四处奔波，演出太紧，先后病倒去世。

乔姬还为他生下一女。李渔晚年丧失心爱之人，扶棺痛哭，恨不得她们转世再生。于是他给她们起名，一个叫乔复生，一个叫王再来，并写了悼亡诗30首。

在给老友的信中，他这样深情地写道："二姬辞世，顾影凄凉，老泪盈把，生趣日削一日。"

焦尾琴碎，再无知音——我甚至能想象那是他人生的极致——左乔姬右王姬，两个绝世名伶在他身边，一一上演光阴中的爱恨情仇，他因了她们而精神焕发，仿佛回到少年青春。她们也因为他而努力绽放，如一只蜕变的蝴蝶，终于甩开那毛毛虫的阶段。

他们一起去过那么多的省份。交通又是如此之不便，在四百多年前，他带领着她们游走在江湖的大江南北。她们也许是为了遇见他，才来人世走这一趟，她们离世时，不过 19 岁、20 岁——那样的芳华，只为了能当一次伶人，来演这人世间的悲欢。

有时人和人的相逢就是为了看一朵花开、唱一段戏、享一段春风，我们相逢，也许只是为了向美好低头，向爱臣服，向时光中所有的命运交代。

而特立独行的李渔，一生和时光逆向而行，爱恨情仇也和戏剧一样传奇——曾经繁花似梦，又曾经潦倒不堪，曾经饱受非议，又异常遭人追捧。

当时有一芜湖女子，非李笠翁书不读，去世之前和丈夫说："冀得李子片语，死当瞑目。"她丈夫身怀其遗像找到李渔，为妻"涕泣索赞"。李渔潸然，自以为此生足矣。

四百年前，这个最懂生活和风月的生活家、美学家、艺术家、戏剧家、家具设计师、园林设计师、畅销书作家，仿佛一切从生命中生发出来，不停寻找生命中的喜悦，与她们相遇，迸发出异样的生命之光。

可惜他晚年凄凉，去世前一个月还在替人写序，一直写，一直写，直到死。

死时，穷得一无所有，家中连给他发丧的钱也没，一个风华绝代了一世的人，就这样一无所有地告别了人世。

36 年后，袁枚出生，这个与李渔同样是生活美学家的人大概深受李渔的影响吧。

作家林语堂极度推崇李渔。“李笠翁的著作有一个重要部分是专门研究生活乐趣的，是中国人生活艺术的袖珍指南，从住宅与庭院、室内装饰，到妇女梳妆，美容、盆景的艺术……这样的生活引领人几百年出一个，把自己的一生活成别人的几世。

丝毫没有收敛自己，放纵放肆有情有调地过了一生，玩也玩了，要也要了，吃也吃了，喝也喝了，爱也爱了，恨也恨了，而且还唱了个痛快，这样的人生，快哉！

文章到结尾的时候，我去园子中走了一圈，穿上了新买的咖色系带皮鞋，在松树下听了很久的风。

已是九月，有松风香，有薄荷香，有秋香，有菊香。我拾起一粒松果儿，放在篮子里，回家唱新学的越剧《玉蜻蜓》。

天上的星星和月亮都出来了，风吹起我的短发，我闻着厨房里散发出来的栗子味儿的蛋糕香，还有刚刚上市的秋螃蟹，小心剥了一个，按照李渔说的方法吃起来，一边吃一边想李渔。能遇上这么好玩的男人，真好。

**

天上的星星和月亮都出来了，风吹起我的短发，我闻着厨房里散发出来的栗子味儿的蛋糕香，还有刚刚上市的秋螃蟹，小心剥了一个，按照李渔说的方法吃起来，一边吃一边想李渔。能遇上这么好玩的男人，真好。

鲜衣怒马，闲而为云

* *

古代文人名士多，或高古或闲逸，或冷峻疏朗，我欣赏的很多。但这些大师们总像与我隔着心肺，仰望最佳。我最爱的，还是生活大师袁枚。

袁枚有张画像，妙极。留着长髯，穿着长衫，右手拿着两枝菊花，那手持的动作甚是飘逸，眼里散发出无限春光——袁枚到老都是对生活怀有极大热情的人：

当过官：三年翰林，七年县令，入翰林院方 20 岁左右。

造过园：他的随园曾名噪一时，为风人雅士聚集之地。

写过畅销书 :《随园食单》《随园诗话》《子不语》。

地道美食家 : 他写的菜谱至今让人津津乐道。

感情世界异彩纷呈 : 袁枚是典型双性恋，爱女人，也爱男人。他自称好色之徒——好色无关人品，何必故自讳言哉。他每隔三四年娶回一房妻妾，真正艳福不浅，妻妾成群。

好山林之乐:67 岁开始游山玩水，70 岁三游三台山，80 岁游吴越，81 岁还出游吴江。

他把每一天当成一生来过，每一天都鲜衣怒马，有的时候，怎么样过一天就是怎么样过一生。

有些人注定是传奇标杆，是别人活几生都不能追上的范本儿，袁枚便是。

乾隆十三年，袁枚辞官，这一年，他 33 岁，这一年他是七品县令。虽然古代不乏辞官归隐者，但袁枚辞官是为了过他自己想要的生活——他不愿意均码状态过一生，那样的人生可以复制，而袁枚的人生不可复制。他甚至心花怒放地辞了职，从此开始的人生是袁氏色彩的闲云野鹤又鲜衣怒马的生活。

现在也有很多朋友辞职，然后去山里隐居——但相比袁枚的生活是天壤之别。如果说我真的羡慕一个人的生活，这个人就是袁枚——他把每一寸时光都过成了自己的良辰。

在他看来，目极世间之色、耳极世间之声、身极世间之鲜、口极世间之谭、五官皆享至臻。他的男欢女爱，他的声色犬马……还有他的风月雅集，每日里流水席，往来皆名士，谈笑皆鸿儒。

而这一切，都在他的随园。

“随”字好。随意的“随”，袁枚一生都在暗合这个字的寓意，随心自在。甚至，他开创了一个诗派：性灵派。

不按常理出牌，真正的好作品大多都是性灵之作，这个性灵是他心底里流出来的自由，袁枚的心里，装着放浪不羁的种子，一旦发芽，便是洪荒蛮蛮。

而随园便给了他施展的机会。

随园是曹雪芹笔下的大观园旧址，破败不堪，一片荒凉。他花了300两银子买下，开始了自己最浪漫的设计——园子将西湖上的苏堤、断桥复制过来，按苏州园林的样子设计，藏书30万卷，晋唐禅帖无数，名砚无数……还有美人、美食、歌妓，这才是真正的大观园。“开筵宴客，排日延宾，酒赋琴歌，殆无虚日。”

这些人中，你可以看到政客名流、文人名士：林则徐，西江总督，皇亲国戚，这样又奢侈又情调又别致的雅集常年都有——袁枚喜欢热闹、热烈，这样的人对生活有着永远的热爱。他的一生太过丰富、优裕、情调。他也赶上了大清的盛世。

一个人没有经历大的伤害和跌宕起伏，他写不出苏轼的《寒食帖》，也不会有徐渭的“笔底明珠无处卖”。

艺术就是这样，无限挑剔苛刻，太过一帆风顺的人生艺术就会平淡，不会灼灼其华。但它给了袁枚另一种生活——他成了全天下最会生活的人，而人到中年才惊觉，也许好的生活比凄风苦雨更让人欣喜，平淡日常花开富贵地过完一生，将是几世的福报。

年轻的时候读过一句话：艺术来源于生活，又高于生活。

中年后哑笑：艺术怎么会高于生活呢？生活永远是第一位的。

每天收拾禅园的花草，擦拭坛坛罐罐，然后煲上一锅汤，慢慢收拾着点点滴滴，点上香，泡上茶，画画、唱戏、听戏、写字……这是我每天的日常。这样的日常才是惊天动地。

很多人模仿我的生活方式，并冠以禅意生活美学。而这一切的源起是袁枚。

出于对他的欣赏，我一直努力地生活着——努力生活比努力艺术更重要，生活才是最好的艺术，生活从来是最高梦想。

我愿意爱早晨的朝霞，披着霞光在厨房里忙活，也能抬头看到流云。还愿意不时去远行，在路上感受着这个世界的心跳和脉搏。

能感觉到春天的第一朵花开，也能立刻感知秋的意味。生活的温度随时感受到，并且怦然心动。

用心做好每一餐，是对生活和日常的敬重，是对光阴最好的交代——我不信对生活没有深情的人会对光阴有深情。

＊＊

我愿意爱早晨的朝霞，披着霞光在厨房里忙活，也能抬头看到流云。还愿意不时去远行，在路上感受着这个世界的心跳和脉搏。

而袁枚的“食单”才真正吊足人胃口，看他的佐料标准：酱用伏酱，先尝甘否；油用香油，须审生熟（像我们现在的生抽和老抽）；酒用酒酿，应去糟粕；醋用米醋，须求清洌……

我想起许多个夜晚和素莲的对话，两个人说得多是酱油醋。

我买了日本的海鲜酱油和调料，还有味增酱，她在我建议下买了山西宁化府的醋。

两个人交流每天吃了些什么饭，有一年的时间我们常交流这些。一蔬一饭、一醋一酱成了家常和温暖——素莲始终是我性灵上的朋友。

《随园食单》有的菜谱很动人：鱼翅炒萝卜丝，萝卜丝要在鸡汤中过几次，去掉呛人的萝卜味。鱼翅只要上半截，下半截扔掉……还有一道豆芽火腿丝，把豆芽截断，中间用特别的锥子镂空（这个画面想象起来惊心动魄，至少，我走遍大江南北没有吃过），再将切成银针粗细的火腿丝嵌进去，这样的豆芽火腿丝得多长时间做一盘？厨子要付出多少时间？

然而在随园中，这样的时光被美好地浪费着……那是真实版《红楼梦》。

流水席上，歌笙舞妓，文人雅士品着佳肴说着古今。喝的是武夷山的武夷茶（那时普洱还不流行）。他说龙井虽清但味薄，阳羡虽佳而韵逊——读到这句我拍案。是啊是啊，我向来不喝龙井，寡淡极了薄极了——像没经历世事的少女，哪如熟妇有味道？

会生活的人，枕边的书会有两本：《随园食单》《闲情偶寄》。

我翻看《随园食单》会笑，这个人，真有闲，真有钱，真会吃。至于声色犬马，袁枚是一等一的用情——他是现实版的贾宝玉，男女通吃，且每段感情都认真用情——在当时看来有伤风化，在现在看来也是大胆前卫。但他自己这样解释："惜玉怜香而心不动者，圣也；惜玉怜香而心动者，人也；不知玉不知香者，禽兽也。"

他好色，当时号称"南袁北纪"。

纪晓岚也好色，因为好色他们的生命力愈发绵长、延展，生命因此阔朗——隔三岔五娶小妾，陶姬、方姬、陆姬、金姬……他特别爱收女弟子，好色随性，还有他的李郎、张郎、刘郎……他真实的感情生活比贾宝玉生动很多。

多少年后，齐白石也好色，70 多岁娶了 19 岁的姑娘。毕加索也是，80 多岁依然爱年轻的女孩子——无论后人如何鄙薄厚非，爱情和性成为艺术和生活的动力和加油站。

他们活了别人的几生几世，轰轰烈烈如烈火烹油，颠覆你的想象和三观——也许每个人心中都有这样的一颗放浪的心，但袁枚把它安放得恰到好处。

他好色了一辈子，花天酒地一辈子，纸醉金迷一辈子，用自己喜欢的方式过了一辈子，任凭后人评说。你们说吧，他听不见。在天上，他仍然选择这样的生活。

他那么奢靡，钱从哪里来？闲是辞了官，钱呢？我们见的很多文人，最后却是"茅屋为秋风所破歌"，落得个白茫茫大地真干净——徐渭是

**

很多人很多事情都一样啊——既觉悟于生死一念间，又一生一世一往情深。没有办法啊。肉身迷离——我们爱这男男女女、声色犬马，我们又爱这刻骨的寂寞和销魂的孤独。

活活饿死的，而袁枚风花雪月优雅一生，到最后 80 岁离世，还有万贯家财。

这样的人生赢家不多——很多人少年盛中年衰老年孤，或中年盛老年衰，但袁枚鲜衣怒马一辈子，完满收场。而这不菲的开支来源于他的名气和聪明。

一个又有情调又有钱的人是这样锤炼成的：先饱读了诗书，做官，名满天下。然后开始写畅销书，还有丰厚的“润笔费”，为人写传记、墓志收入不菲。这一笔巨款足以应付日常开支。

另外，袁枚收租子，将田地、山林、池塘租出去，坐地收租——地主家从来都有余粮，他只负责风花雪月。

孔子在《礼记》里讲：饮食男女，人之大欲存焉。无论饮食男女，袁枚都做到了极致，他活得真实、率性、有态度、有格调、有品位。他就是生活方式的审美。他就是生活。

67 岁时，他决定去游山玩水，享尽人间艳福之后，吃尽人间美味之后，便是游海内名山。其人其笔两风流，红粉青人伴白头。这种通天老狐不信仙佛，不喜朱理章程，不服世俗拘束，在反叛张扬中，优雅风趣地过了一生。

常常幻想 1759 年随园的一天，我恰好是袁枚的老友，被邀请看秋景吃秋蟹。我看到了无数紫檀和黄花梨，还有雕漆鹤金，端砚是蕉叶青花。

我看到无数曼妙女子飘过我眼前，或歌或舞或煮茶或焚诗。我看到他 68 岁又纳的新宠，一直好色不衰。

我看到随园食单上的豆腐，远胜燕窝，他告诉我：蟹宜独食，不宜搭配他物，最好以淡盐汤煮熟，自剥自食为妙……他递过一只大闸蟹，让我自剥自食。

夜晚，他带我看秋荷。已是白露，有些许凉意。满天星光中乘船去看歌女唱曲，喝的是武夷山的老岩茶，用的是隔年的雪水。他吟诗："放鹤去寻山岛客，任人来看四时花。"随园谁都可以来，好奇的邻居和百姓也常常来，每逢佳日，游人如织，这是时光的随园。

他又给我配了宵夜：水粉汤圆。用水粉做汤圆，滑腻异常。中用松仁、核桃、猪油、糖做馅儿，或嫩肉去筋丝捶烂，加葱末热油也好。还有笋根火腿、八宝肉圆……我笑他吃货，他说人生在世吃穿二字……他告诉我，多少年后，当你转世，你会像我。

1797 年，82 岁高龄的袁枚自知生命灯火渐渐要熄灭，他叫来两个儿子，嘱咐自己的后事。最重要的细节是讣告要注意纸张："用淡红纸小字写讣，不可用素纸，其余平行用小古简最雅，用大纸便市井气。"

他挣扎着交代完便咽了气——一个人用最放肆最优雅最鲜衣怒马的方式过完了浓度非常高的一生，不可稀释，不能稀释。

82 岁，在清代算是高寿，历经了康熙、雍正、乾隆、嘉庆四朝，留下大笔财产，寿终正寝——他过了一辈子花开富贵的日子。

墓碑上简简单单几个字：清奴随园先生之墓。他自知，这世上必有后人懂他、知他、学他。

我愿意这样一寸寸过一生，不是虚度，是用最美妙最雅趣最丰富，也最适合自己的方式过一生。愿多少年后，有人这样想起我，然后说：愿以小禅的方式过一生。足矣。

他知道不过是一场久别重逢，他日会有人以他的生活方式为模本，逐一上演最好的生活秀。

2016 年 9 月 16 日，我迁入禅园，一个我自己精心打造的工作室，然后开始了自己向往半生的禅意美学生活。室内是坛坛罐罐花花草草，器皿是世界各地所淘来，家具无一不有特色。地板是老门板拆了制作的，墙是返璞归真的泥墙。

还有，我收藏了禅帖、字画，还有一款款老茶。家中也常是流水席——朋友或读者闻之纷至沓来，有好茶、好菜、好酒、好戏。

有时踏雪寻梅，有时挑灯夜读，有时鲜衣怒马，有时赏心三两。

禅园成为朋友们聚集的场所，在这里雅集、读诗、画画，等待海棠花开。每天研究菜谱也成为一种乐趣，袁枚有《随园食单》，我有《小禅菜谱》。这是民间的舌尖上的中国。

诗意地生活一生，把自己过成一种生活方式，这才是对光阴最大的敬意——我在三百年后向袁枚致敬。我也想给他托一个梦，带一句话：怎么样过一天，就会怎么样过一生。我愿意这样一寸寸过一生，不是虚度，是用最美妙最雅趣最丰富，也最适合自己的方式过一生。愿多少年后，有人这样想起我，然后说：愿以小禅的方式过一生。足矣。

贰 * 松风停云处

酒茶墨香

*
*

我特别羡慕能喝酒的人，我们中国人说喝酒单指白酒，红酒、啤酒不算数。

我酒量不行，人还怂，人一吓唬，我就不敢喝了，但我见了能喝酒的人真是羡慕不已，不知道人家的酒量是怎么练出来的。

今年四月，我和王祥夫老师被请到古井贡喝酒，王老师便是我羡慕的人。酒色财气，一看就什么都全了，又画得一手好画，写得一手好字，古玩玉石又收藏好多，一身的酒茶墨香。

王老师好喝酒，平平常常三四两，到了亳州当天喝了有半斤。杨小凡老师负责接风，一脸憨厚地笑着，抽一口笑一口。我在古井贡待了多少天，这个镜头就重复了多少天，总是憨厚地笑着，从不动摇。

我第一次喝白酒大概十八岁左右。高考完了，一群人像出了监狱，男生闹到半夜还喝。还有趁机表白的，我看看暗恋的男生，偷偷喝下第一口廉价白酒，又辛又辣又扎喉咙，真像这闹心的暗恋。那白酒也就三五块钱，味道冲得很，明显是勾兑的。后来喝酒，红酒喝得多，特别是为了装一下洋气。家中器具，红酒的就有一大堆。

在广东出差，工作一般喝洋酒，福建也喝洋酒，XO 到处都是——连渔村也喝 XO，XO 就（方言，搭配着吃的意思）海鲜，红酒就海鲜，但不如一盘花生米来一瓶二锅头（我们北方人叫“扁二”）。

我周围的老男人们有这爱好的很多，早中晚都喝二两扁二，一碟花生米或者一盘毛豆，清清爽爽一喝 30 年不动摇。比如我姑父，从和我姑结婚那天就喝。喝到现在，什么毛病也没有。

他说可以不吃饭，但是必须喝酒。我过年过节送他一箱箱的酒，没几天就喝完了。从古井贡回来之后，送了他古井贡酒。他说这酒好，这酒好。然后咂着嘴，一脸幸福满足。

公元 196 年，曹操将家乡亳州产的九酿春和酿造方法献给汉献帝刘协。曹操是戏曲中的白脸，奸臣。历史上不可小觑，军事家、思想家、文学家。“三曹”是文学上的奇迹。我是极欣赏曹操的，这样的男人论格局论胸怀论才情，都是一流，想必曹操喝酒也好。男人喝酒好很重要，有说不清的性感和格调。

王祥夫老师喝酒好，一边喝一边张牙舞爪。喝到半醉，便站起来唱戏，根本不考虑别人的感受，这一点顶可爱，干吗要考虑别人的感受呢。关键是他唱得根本不着调，和他比起来，我绝对是专业票友。但我们却爱听他唱，唱起来还没完，还不管不顾。

从古井贡回来之后，我们又在上海相遇。金宇澄老师请客，喝的是茅台。他中途又唱起来，站起来就唱，不考虑上海人民的感受。

我没他这个毛病，总是推三阻四还不唱——我骨子里藏着不折不扣的自卑和害羞。但我在古井贡唱了个痛快，反正天天有酒喝，全是窖藏老酒。一排排整齐的酒池子，把蒸熟的粮食（大多是高粱）放入窖中，封好窖泥几个月后，进入蒸馏流程。

那天光线极好，蒸熟的粮食散发出谷物的醇香。工人们一铲铲翻动着，完全的纯手工，这样的匠心酿酒真让人感动。

酿酒的水也好，一口魏井，一口宋井，凉洌甘甜。正德十年，一窖还在用，从明朝到现在，人们饮的还是这口酒。

中国酒文化有意思，李白、杜康，沾了酒仿佛一身的诗意和狂意。文人墨客，喝些小酒挥毫写诗。如果是月夜，如果美人在侧，想想就是不可多得的意味。

王祥夫老师来亳州给我带来他画的梅花，王祥夫老师爱喝酒，喝完写字，泼墨间，有酒香，有茶香。但我爱吃辣椒，他说我吃辣椒是女作家中全天下第一。

我们在亳州喝古井贡酒就辣椒。早餐吃牛肉饼，极厚极脆极香的牛肉饼。地摊上的牛肉饼，看起来卫生条件好差，吃起来好香。

中午去一个羊肉馆吃全羊餐，羊骨头真香啊。我要了一碗炸辣椒，吃了不过瘾，又要了一碗炸辣椒。古井贡酒就上炸辣椒，香啊。

王老师说："小禅，我不相信你能吃完两碗炸辣椒。如果你能吃完，我出去杀个人。"我表妹拦着他，"王老师，您千万别这样说，她真能全吃掉。她吃辣椒像喝凉水。"

我含笑不语。一会儿就吃完一碗，又开始第二碗。第二碗吃到剩几粒的时候，我呷了一口白酒，一脸江湖老大的样子问王老师：“王老师，要不要吃完最后几粒？”

王老师说：“算了算了。”

这段成了佳话，王老师每次提都笑得不行。我能想象他戴着墨镜笑得乱颤的样子。其实我要说的辣椒就上白酒的意味，像恋人的久别重逢，是干柴烈火啊。

丁酉七月，我去宁波天一讲堂讲座。讲座完与罗老师喝茶喝酒。

罗老师早已身价过亿，事了拂衣去，深藏功与名。

每天三件事，喝茶、抽烟、吃酒。烟是软中华，每天五包。只要醒着，手不离烟。一边笑一边抽，厉害！

喝茶更厉害，只喝野生古树普洱。每天狐朋狗友也不多，要喝掉一饼。好多人喝了生普洱睡不着。我和罗老师是喝了普洱才喜悦，睡得昏天黑地。普洱是我们的救赎，每天必须喝。他喝酒也厉害，每日得半斤。

白酒多半夜喝，偶尔与朋友，偶尔自饮，偶尔有菜，偶尔没菜。没菜的时候就喝口茶，一口茶一口酒。我回来试了一下，也一口茶一口酒，还就了一口烟，天呢，天呢。

酒茶墨香，想想人生就快意。除了酒稍逊。茶墨香有了晕染，我每日被茶气熏着，又爱舞墨。近日迷上魏碑，杜鹃老师说我身上一直有魏碑的气场。

七夕这天，我发了朋友圈，说吃的韭菜盒子，还不喜欢红花。杜鹃老师说这就是魏碑气质。我没告诉杜鹃老师，我还喝了28年的古井贡酒，掐指一算，得有三两。

一生绿苔

* *

中国文人的心里都有一片绿苔。那绿苔是老境的、苍的、湿的，是无以言传与诉说的，又是一言难尽的。

书、画、文字都一样，不入老境不佳，必滋出绿苔，意境方为大好。

《兰亭序》老境中还有一脉天真，“不知老之将至”和“死生亦大矣”是看开生死的话，时年王羲之近50岁知天命矣。

黄公望画《富春山居图》时80岁了，笔笔存孤，笔笔苍凉，但又笔笔是少年，貌似是富春江青绿山水，轻轻松松自自在在看山看水，实则是跌跌宕宕的人生，光阴里全是苍凉的手势。

我一直看着张爱玲的文字，从少时到现在，其实爱她文字中的荒凉与绝孤，里面全是热闹的人，但就是觉得荒凉无比。《红楼梦》也是，几百个人，芸芸众生，滚滚红尘，就觉得一片大雪里，走着一个看道悟道的人，出家为僧，落了片白茫茫大地真干净。

花鸟画，钱选的《花鸟画》干净透亮明丽，梨花开得那么肃静，可是依然觉得苍老，那苍老气荡漾在他的花鸟画中，久久不散，看着看着就想落泪了，真没有办法啊。

中国的山水画里更有大的荒凉，从两宋至元明清，山水画里少有人在。如果有人也是空山一二人，在大雪封山后一人松下独坐，或者在万壑松山间赶夜路。

倪瓒的画中干脆没有人，只有风声、水声、无垠的寂寞，这是在时间河流上更大的孤独。

中国文人的底色是荒凉的，是秋天的，是老松子、干莲蓬、枯树、断桥、残雪、孤山、瘦西湖、月半弯。

赵梦顺说：作画贵有古意，这古意是文人的绿意和凉气，殊不知“古意即亏，百病横生”。

但王希孟《千里江山图》是奇迹。

北宋末年，18 岁的王希孟仿佛天才蜕变，他带着初民一样的赤子之心，提笔变老，这样的奇才，千年只一个。何况北宋末年，有了沧海明珠的味道。蒋捷《虞美人》：“而今听雨僧庐下，鬓已星星也”。

我们在苍老的美学系统中寻找天真浪漫，干冽秋风，润含春雨，谁解其中味，就得了大道。

张爱玲未有男女之情时写下《第一炉香》《倾城之恋》，仿佛像情爱中的老手，又像观尽了人生百态的“老生”，其实不过 23 岁的少女。这种老境是她的绿苔，她仿佛从来没有年轻过，十几岁就齐刷刷地老掉了。

再说苏轼《寒食帖》，好得只想击掌，文字好，书法好，气韵好。“绚烂至极，归于平淡”，这是弘一法师的话，用在他的《寒食帖》上，极好。久经岁月挫折与摧残，都会归于平淡天真，但必须经过那一串串凄风苦雨和颠沛流离方可。

苏轼用一生阐释，天真有趣，绚烂之极。在临终写下，身似死灰之木，身如不系之舟。这一生不过一个人的修行。

《冈仁波齐》中，无论孕妇还是屠夫，磕着长头去圣山，2000 公里，磕了近一年，谁也无法替代谁。人生的长头要一个一个磕尽才能走到最后。奔的是圣山，修的是丹心。一路上的风霜雨雪都要看，有时悲欢，有时静默。

年轻的妈妈对自己的孩子说“磕头好，磕头长见识”，这是我最喜欢的一句话，孩子发烧了，头疼了，仍然一个头一个头磕下去。

忆及自身，30 年写作，亦像磕长头，一路跌爬滚打，用文字熬着光阴、精神与肉体，几十本书，几千万字。越写越轻松，不雕琢啊，就这样，像打磨一粒珍珠一样写。

生活就是我的“冈仁波齐”。我买菜做饭、唱戏、画画、远行，我内心种出一片又一片绿苔。

骄阳是我欣赏并喜欢的女孩子，我的公众号雪小禅微刊主编。

盛夏，她来禅园看我，一边开玩笑，一边吃吃喝喝，并不多说艺术。她不过是 95 年的孩子，却像内心长出青苔的女子，文字和心都有老绿。浙江省的长跑前五，英语专业八级，又修了日本文学，小小的个子里有极大的张力。她秀发卷卷，眯起眼睛看我，露出小兔子一样的牙，又可爱又孤独。

她当几年主编，每次推出公众号都有惊喜。一个才情逼人的女孩子，用她的灵光再度润泽我的文字。很多个深夜，我写下那些要命的孤独和苍绿的文字，然后想快些给她看。

她总能找出那些疼痛的、闪着光亮的文字，然后配上我的图片，她是一个多么好的文字裁缝。我常常不知如何感激她，但又觉得感激太轻薄。

她深夜潜入我房间，跪在我床前，那时乃近凌晨。我们握着手开始说话，有一句没一句地说，关于写作，关于生活，关于艺术。

在黑暗中，我突然说："总有一天要早你离开这个世界，那时你要继续这样做着公众号，不要停，还要这样纯粹、唯美。有天你老了，也要和这个世界告别时，就关掉它。这是我们给这个世界的印记，后人可以寻着这些文字信息，找到我们。我们是给几十年、几百年的后人看的。"

她忽然哭起来，她的脸埋在我的手心里，我手中全是泪。她说："那时，我就带普洱茶来看你，你爱喝茶。"我侧过脸去，感觉有什么东西从眼里爬了出来。而我的心里，一片片全是绿苔。

盛夏，父亲踩在西瓜皮上摔倒，大胯摔折了。他躺在床上和我聊天，嘱咐我，他得了绝症不要给他治。又说他有一天没了，要让我母亲击鼓而歌。

他 75 岁，属羊，爱探索宇宙星空。摔折了胯骨还在谈宇宙、洪荒和生死，我真是越来越像他了。

十年前，我和 M 说，在我们最需要对方的时候，我们要出现在对方面前，比如我们父母失去的那一天。

她在乌鲁木齐，母亲在重症监护室里。她说，你来，我母亲快不行了。我在腾格里沙漠，大地茫茫，沙漠上，我在行走。

“人生经历那么多，相信你可以一个人抵挡所有，我继续在沙漠里行走。”她的母亲去了。

她说：“理解你，我们余生尽情绽放吧，人生好短。”

那天，为她母亲点了蜡烛祈祷，并且嘱咐她，人生实难，好好往前走，带着三个孩子好好过。

一个人的内心里没有苍凉又怎能有力量？那些历经风雨的女子，从来都是在不动声色中完成微笑，且将风雨制成一把伞，独自撑起光阴。

就像我一个人穿越茫茫戈壁去看沙漠，那无垠的荒凉让我心怀敬意。一个人在无垠荒凉中生出春色和花朵来，这才是对这光阴最好的礼赞。

在沙漠的黄沙中，我穿了黑衣走呀走，风很大。沙打在我脸上，我内心坚定，像一个少年，又像一个老年，我终于活成了自己的《富春山居图》。

丁酉年，我手持一枝素莲，站在时光边上，和时光对饮，岁月和光阴给我的一切，我吞下，并且把这些味道，秘而不宣地消化掉，让它们长出生命里最好的绿苔。

小美可观

*
*

人说大美无言，其实小美可观。

年龄越长，越喜欢一些细碎动人的东西。

细腻而肥厚的桂花香，奢侈而浪费地铺满了杭州城。一个人站在灵隐寺和西湖边发呆，法云古村的钟声渐渐响起来，一遍又一遍，敲打暮色，也敲打人心。

纤手剥开新橙，苏轼说：最是橙黄橘绿时，那心动是初恋，是刚刚懂得喜欢的好，一点点心悸着，有纠缠的美。

黄昏里散步的老人。白发一飘一飘，看得惊心。地上落了珊瑚朴，拾起来插入家中古老的瓦罐中。老物件遇上凋零的树，是彼此的知心知遇。

早晨睡到太阳羞红了脸，拉开窗帘看到春雨霏霏，喜鹊站在窗边叫着，春夜喜雨。蓬松的头都相当可爱。软丝绸上有昨夜枕痕，紫色水晶碗里吃剩下的提子，提子绿得晶莹剔透，翻了一本线装书，懒散得像上海弄堂里穿着旗袍的妇人——这片刻的静谧，最是难得。

或者午后，在阳光里发呆。什么也不想，只是发呆。太阳明晃晃的，照得眼泪要逼出来。秋蝉拼命叫着。最美的秋天，光线呈现出金属的光泽，一轮轮把光阴照得薄了轻了，心里也凉了温暖了。

这时候才知道，很多时候你必须学会一个人承担，无论是荣耀还是寂寞。学会一个人的时候，更能感觉那些细碎的美。

深夜，乘火车去看一个人。脸贴在夜行火车上，火车一路向南，再向南，还向南。想着这个人时，轻轻地笑了。最重要的是，自己不自知。

走在秋天的悬铃木下，回忆前生。手里拎着一捆新韭，有动人的清香。早晨超市多是老人，挤在满头银发里，体验老境之稳之妥之清凉。

临一幅书法名帖，一临再临。没有长进，不要紧，喜欢最重要。看着黑白之间的较量，终于知道，越是最简单的东西越是难以掌控。

亲手做三餐，早晨把泡好的黄豆放在豆浆机里，听着轰轰烈烈的声音扑面而来，面包机烤好面包，涂上香甜的花生酱和草莓酱……再佐以亲手腌的小黄瓜，舌头上有惊天动地的满足。

打电话给母亲，问如何把饼烙得又软又好？母亲说，加上一些奶粉，然后用温水和面……母亲在电话中的声音很慢，然后又诉说着许多家庭琐事，人老了，话就多。

朋友寄来山东小枣，他说：“小枣有一种特殊的用法，放在火炉的盖子上，将其外表煲糊，这时有很香的味道了，煲上十个八个的。沏茶的时候，将糊枣掰开，放入茶中，既香，又补血气。”现在不好找火炉，可以一次性煲一些，放着慢慢用。

雪夜，朋友来访。

她说，挑个雪天来看你，于是用浓厚的普洱茶温暖我们的胃。像懂女人的男人，一块一块掰了放进罐子里，然后嘱咐你慢慢喝，极养胃的。

骑慢车在路上看风景。耳机里有京剧唱着。远在南京昆曲院的朋友说，来看昆曲吧，前排的座位给你留着……还有，早春的梅花很好看，一起去看吧。

手写一封书信，边写边笑。这字越写越难看了，好多年不写字了，眼睛坏了之后才又重新用笔写字，像复古的人，那些死去的尸骸一一被重新唤醒，来到我身边。我们是失散的故人，再见时亦有别样惊喜。

秋收之后的旷野中，几只灰色麻雀落在枯枝上，那死掉的树分外有一种枯意。仿佛一个人在时间里枯坐，让人心生许多怜意，但又恰如其分的好。

挑了几件布衣裙，有服装小店把落叶放在了地上，墙上铺排开艳红俗绿的衣服，那衣服仿佛成了落叶的点缀——她们说，“我们想把秋天多留几日呢。”

一个冬天在唱二堂舍子，唱得桃花也开了杏花也开了，然后，冬天就过去了。

猛然间看到镜子中的人，带着不动声色的表情。但分明又有喜意，头发里夹缠着白发，狠狠地拔去，可是，仍然还是有……索性不管了。继续唱着“小东人下学归言必有错……”马派是很萧条也很洒脱的，在寂寞的时候，可以搭救稍显孤独的心。

小美可观，在那小花小草小盘子小碗小菜小喜悦小慈悲里，在那草长莺飞里，在那春江绿水里，在那低头刹那，在那离别的瞬间，眼泪横飞起来，又怕人看到，于是，急速地奔跑……

万物都在生长，万物都在欢喜。

中年说杜甫

*
*

杜甫真好，说这话有点晚了，因为人至中年了。

但也不晚，因为终于知道了杜甫的好。

少年读“尔曹身与名俱灭，不废江河万古流”，觉得天地都无情，也不理解江河万古和身心俱焚，又读“感时花溅泪，恨别鸟惊心”，对没有分别过的少年，如何恨别？又如何惊心？

我只当小鸟轻轻飞过，并无波澜，因为也看不到花溅泪——我少时去和小伙伴偷芍药，车骑得飞快，芍药花很快在单车的车筐里蔫掉了，一点也不疼惜。

我只爱那疯狂正午的私奔和蝉鸣，一如爱我放纵不羁的少年。我连少年悲愁的滋味也没有，老师让背杜甫，只觉这个老头好凄苦，一副愁眉的样子，国破家亡衣衫烂举目无亲。

他是随风潜入夜，他是润物细无声。他是我中年遇到的杜甫，不早一步不晚一步，恰恰好地熨烫了所有时光的褶皱。

“安史之乱”只是书中的四个字，我们不知如何天摇地动，更不知它几近是一个朝代的节点，从此急转直下，再无盛唐。

直至中年，昏黄灯下，雨落黄昏，一个人展卷，忽然读到“所向无空阔，真堪托死生”。心中翻滚，再不能平静，索性一个人去园子里散步。

盛夏的黄昏有一种将散未散的别情。流浪猫在花下发呆，孤独的眼神没着没落。白色的木槿花真好看，花期长，整整开了一个月了。石榴、枣树、山楂都结了果，茂盛的萱草仿佛在等待一场暴雨，珍珠梅开得有些败了，睡莲却正疯狂，一副清心寡欲的样子。

我总爱独自一人坐在凉亭里发呆，轻轻唱着：“一霎时把前情俱已昧尽……”

人至中年，俱已昧尽啊。黄昏兀自黄昏着，我们兀自着渺目烟视的光阴。

我少时喜欢着李白的放浪，奔流到海不复回的豪情，还有与尔同消万古愁的壮怀，即便不得意了，他也会安慰自己：“长风破浪会有时，直挂云帆济沧海。”他笔下的五陵年少和白马春风，是唐诗中的早晨，一切蒸蒸日上。他用的词都壮阔，都是和宇宙江河讲话：“燕山雪花大如席”“千金散尽还复来”“黄河之水天上来”“人生得意须尽欢”“飞流直下三千尺”“仰天大笑出门去……”

他什么也不管，他只管活得放纵肆意，他只管寄愁心与明月，然后邀月饮酒和花对诗。他不见古人只见自己，他和时间平行着飞翔。李白的诗中没有别人，只有他自己和天地光阴任性，他是早晨八九点钟的太阳，照得我们一身光芒。

白居易的诗是中午，有了儿女情长，无论《琵琶行》，还是《长恨歌》，能感受到人的温度和爱情的光泽，他在凡间，叹息同是天涯沦落人，祝愿在地愿为连理枝。他又写老来多健忘，唯不忘相思。他的诗里，是可亲可怀的人在走动——我们也热恋也缠绵，也曾七月七日长生殿。我们感同身受，我在 20 岁到 40 岁时最爱白居易。

终于，到杜甫。天已黄昏人已中年。

一个人在“春秋亭”唱《一霎时》，眼中无泪心里有泪，便纵有千言万语，更与何人说？且不说，一个人亭中看雨、抽烟，不尽思绪滚滚来——我也曾“感时花溅泪”，在机场与人分别，转身刹那“恨别鸟惊心”，再也见不到了，永别了。

也曾斯人独憔悴，一人在三月春花中，万籁俱寂寞里泣不成声。

甚至读到“城春草木深”都会掩面，无边落木在心中萧萧而下，聚散离别多了，甚至经历了至亲至爱的生死，甚至时代里的坎坎坷坷。

一转身看到杜甫，他在那里，一身悲悯和慈心等着你，心里遍布荆棘，却给人花开见佛的明示——他赶上了安史之乱，国破的山河，流离失所，再读《三吏》《三别》，心中俱是惊恐与不安——在不安的年代，谁能保身？杜甫如何？在逃难途中忍饥挨饿，闻官军收复了河南河北写下“漫卷诗书喜欲狂”，喜欲狂啊，谁能记得我初闻涕泪满衣裳？

去年秋天，我坐在杜甫草堂中饮茶，看着黄叶悠然飘下，不知道一千多年前的杜工部是怎样的心情？他赶上了一个乱世，那是他的命，他还有一颗赤子之心，那也是他的命。

“莫自使眼枯，收汝泪纵横。眼枯即见骨，天地终无情。”一个没有经历生离死别的人，怎能读后动容？怎能掩面而泣？生离死别是人生大别，从此后，再也见不到了，再也看不到了，只能靠回忆打发光阴，埋葬时间。

春闺梦里人又如何？我想摸一下你的发，我想做一碗面给你吃——但，天地真无情，光阴真无情，我一人且唱一霎时，时光里碎片扎疼了我，中年遇到了少时不喜欢的杜甫，“明日隔山岳”，而“世事两茫茫”——我是再也见不到你了。

我哪知人生易老，却分明易老。白发初生，表妹买来韩国染发剂，我笑着说满头白发更性感。（人生第一次，写到这泣不成声了。）

少年时的好友彩虹来电话，说儿子要结婚，让我去给当证婚人。

那天我在台上，看到新郎和新娘一脸甜蜜地站在我面前，看着台下有了白发一脸笑意的好友，脱口而出杜甫的诗句：昔别君未婚，儿女忽成行。

少女时代我们去大堤上采野花，照相。那时还没有手机，一个胶卷36块钱，小心翼翼地照着，生怕浪费了一张胶卷。

而此时手机里有一万多张随便拍的照片，还有美图秀秀、美颜相机，可把快40岁的人变成少女，可随意删除，再也没有当年的珍贵。

同学聚会，一帮中年人。或者有人当了爷爷奶奶，张嘴便是孙子孙女，或者只提少年的交集。也有同学去世早，大家说他如果活着该多大了……

他有一天喝醉了酒，说，儿子领了结婚证，觉得自己老了……等老了我们一起去养老院吧，语气中是对光阴的无奈和绝望。

“人生不相见，动如参与商。今夕复何夕，共此灯烛光……夜雨翦春韭，新炊间黄粱。主称会面难，一举累十觞。十觞亦不醉，感子故意长。明日隔山岳，世事两茫茫。”

人到中年，谁读到这样的诗不感慨？你的少年已随时光飘走，你的少年已经成为别人的少年，你的发鬓已霜。你想念老朋友，每饮必醉，还念念不忘，念念不忘。

丁酉春，我在成都，晓看红湿处花重锦官城，又在杜甫草堂看到千朵万朵压枝低，这是杜甫的好，经历了万千坎坷国破家亡，还在赤子之心里开出一朵又一朵小花。

他是随风潜入夜，他是润物细无声。他是我中年遇到的杜甫，不早一步不晚一步，恰恰好地熨烫了所有时光的褶皱。

我等着锦江春色来天地，我等着花开时节又逢君。

老松

*

*

我是中年之后才喜欢松树的，因为我发现我越活越像一棵松树。这个发现让我又惊喜又荒凉。惊喜的是终于像一棵树了，荒凉的是居然像一棵松树，且是老松，是老人的心境了，不知道是什么磨损了我的精神内存，一下子就变得老练、从容、淡定，不惊了。且抗风霜，且囚禁了所有莫名的欲望。

李白说："松柏本孤直，难为桃李颜。"这个孤直是孤独的。我见到的松多数在悬崖或寺庙里，孤零零，又倔强又禅意又孤冷——我怎会在少年时忽略了它的峻美呢？只顾喜欢那轻盈、怒放、空灵的花花朵朵。玉兰、樱花、茱萸、桃花……我不惜笔墨歌颂过它们。

直到今天我才想到松，那潜伏在我灵魂 DNA 中的松。那么像我的松，我有些羞愧。这种羞愧让我觉得应该和松有一场隆重的灵魂相认。

于是我去了山西。山西有中国 75% 的古代建筑物，这些古代建筑物、古寺又占了绝大部分。而这些古寺中共有的东西是：老松。也不多，就那么一棵两棵，多数时候就是一棵，站在千年古寺前，忠贞、孤独、空灵、冷艳、苍老，像颜真卿的字，像北魏时期的魏碑《张黑女》，像一款百年的普洱茶。我凝视着它们，几近落泪——这是我的老松，这是我。在此站了千年，终于彼此相认。

松真孤独啊，又老又孤独。一个知己也没有，大概也不需要。更不需要倾诉，更不需要大众。它自己在光阴中，独享天地、日月、江河、星光。天地是它的同谋，星光是它的伴侣，日月是它的情人。它雌雄同体，亦男亦女，亦慈亦让。

冷峻的老松是佛前最好的微笑，静看世界光阴如何斗转星移，它兀自倔强老去，并以最孤直的姿态，那种冷寂苍劲，是一种人间最诗意的美学，以光洁、干净、峻朗的姿态让世人臣服。

松仿佛不食人间烟火的中年隐士，又仿佛古画中那个在大雪中吹箫饮茶之人，所有的孤独成为独特的味道和美感——我不与花花草草为伍，我一个人活成千年万年的绝代芳华。

在山西的古寺里，我与老松不是一见如故，是久别重逢。隐藏在心里面最里面的密码被开启。

从山西回来后，我一直记得那些老松。在老松树下喝茶、听风、唱经。正午的阳光吹得人要流泪，松针发出动人的交谈，在风里簌簌作响。我摘了松果摆在茶席上，饮了老茶。

松成为我的同谋，知道我的枯萎、盛开、孤独，瞬间苍老如松，甚至看起来的珠圆玉润都有了松的清冷之味。中年后才遇到松，这么晚才了解光阴和生活的秘密——纵使秋风无奈何。

山中老松也多，几个朋友做了隐士，与山泉、明月、老松、鸟鸣为伴。我去山中住，往往坐于老松下听泉声——我早已不穿花红柳绿的衣服。那天翻出十年前大学讲座的照片，宝蓝配明黄，像斩钉截铁告诉世人我的不羁和怒放。那时我大概是莲花、芍药或牡丹，都是这种壮丽硕大的花朵，唯恐别人不知的壮丽。

时至今日，只想做一棵老松。长在古寺或深山中。无人知，独守着天地光阴和宗教的秘密——我连爱情都忘记了，爱情到底是小的深情和恩情，那天地苍穹的宗教才是更为广阔持久的深情。在深山古寺中，布衣素袍，素茶素食素人，与一切烈艳绝交，与一切复杂绝缘。

“已经没有时间对我不感兴趣的事情，再感兴趣。”不再做无谓的消耗，保持住最好的孤独和内心的清宁苍劲，删繁，再删，就简，再简。不磨损精神内核的热情和对艺术的狂热。天命是定数和命数，是不可为，是放弃，也是坚持。是沉默如钟，也是坚贞不渝。

去过很多次日本，去得最多的也是寺庙。特别是京都。雨天、雪天。枫树红了时，都愿意在松树下发呆。所有的人和事，都是霎那，都是一期一会，松看见了这一切，无言的秘密，生出无限哀寂。松是高士，隐藏在春风江河里，隐藏在无限江山中。

日本人大概是最喜欢松的，不只是寺庙，拐入寻常人家，也干干净净孤孤清清种着一棵松，又突兀又美寂。松的孤寂与洁净像无性的人，冷淡极了。一生只爱过一次，或根本没有爱过。孑然地保持了终身的孤寂和清冷，绝不热闹，绝不大众。以肃穆冷凝的姿态高贵了一生。

看到晚年的胡茵梦，短发，平静的眼神，素袍。曾经绝世的容颜蜕变成静水流深的高洁干净饱满。她的人生大概就是她的修行，从一朵花到一棵松。

北京人潮汹涌的大街上，忽然看到一棵松，仿佛“银鞍照白马”，又仿佛“事了拂衣去”，“万人如海一身藏”，“白首太玄经”。

所有的盛大、悲哀、卿卿我我，所有的不堪、荣辱，在松间沉默。

在终南山的松林间，我赤了脚走在月光下，听着松间的风声，感觉有清泪落下，走着走着走成一棵松了，活着活着活成一棵老松了。

万事皆可忘，事了拂衣去，且听松涛声。

* *

最喜欢暮秋的时候，树叶是金黄的，一片片在风中旋转着落着，看着它们落下，心中有一种翩然惊喜。这种惊喜却又是心疼的。

隐幽记

*

*

因了眼疾，隐居乡下，治疗，远离电脑、电视、手机。多日。正是五月，春日迟迟。

暮春时分，在一个小镇，独处月余。

行散

魏晋时期，人们寻求长生不死之药。于是炼丹。吞丹之后，药力足猛，内心灼灼。于是去风中寂跑，谓之行散。

但我每日亦行散。

一个人散步。

早晨在住的院落里散步。

院落是日本人设计的，把枯山水运用得入情入画。也许深受了八大山人和石涛影响，那一枝一叶，枯萎得那样让人心动。有竹、芭蕉、柳，竹最多，香妃竹或潇湘竹，倒也似郑板桥笔下的植物。俊朗而倔强，有俊朗、寂寞男子的味道。

院落里多数只有我一个人，住客不多，偶尔有开会的团队，操着各地的口音，三两日便散了。服务员说着当地的方言，倔强而铿锵。

走在院中，戴着耳机听张火丁。

她的声音是渐次零落了，倒更显出了孤寂。

有时候，孤芳自赏真是一件赏心悦目的事情。

院子中有石，可小坐；有秋千，有养的鸡和鸭。在早晨，小鸟窗前叫着，很婀娜，是带着颜色的叫声，让人怦然心动。

在晚上，有蛙声。蛙声是久违的了。一个人在听的时候，有就些白石老人听取蛙声的意境。可惜不是一片，就一两只。

因为是三楼，就听得分外真切。

特别是有雨时分，雨声突然就增加了几分孤寂和芬芳，好像是与雨声情投意合。这雨，这院落，这分外的孤单，连想念的速度都慢了下来。就这样轻轻地合着它的拍，一下，又一下。打击的全是人最内心的柔软。

不知今夕是何夕了。

在院子中的行走只是一小部分，每天步行去针灸是很远的路程。

大约五公里。

走得极快。

沿着国道一直往南走。中间会看到许多路边的植物。试着叫出它们的名字——因为正是五月，花开得极茂。红王子槿带，那绿叶上的红花成了串。

女贞，绿的叶，喜欢这个名字。

贞字极简，极安静。偏偏和女字凑在一起，有一种安静的广度和阔度，不由人心里凛凛。冬青，围着女贞。西府海棠，都在茂盛地开着。

有所中学，孩子们在跑步。好年轻的脸和气味。

总是会停下，看他们一会。十六七岁的少年，在操场上——当年我也曾经如此。

有时会走得极快，可以听得到风中自己的脚步。有时就极慢，可以闻得到五月里槐花的香气。这是个奢侈的季节，连享受都有些舍不得，总怕过完了。沈从文说："美，总不免让人伤心。"太美的东西，有着极度的杀伤力，可以片刻让人体无完肤。

"我们相爱一生，一生还是太短。"这句话，用于这个五月同样合适。五月，和你恋一月，还是太短，太短。

这样的行散和在风中的狂跑，犹如少年狂。

睡眠

从前是讨厌睡觉的，而且睡眠一直特别差，差到吃一两粒安定才能睡。甚至，有一个月几乎没有睡眠。

朋友说，他极少睡觉，所以，头痛欲裂，有一次半夜跑出去。快疯了。

睡眠是大问题。觉得爱睡觉的人一定是混沌状态，或者根本还没有开窍。庄子说，有一人未开七窍，于是有人帮他开了，结果七天就死了。安静以后，睡觉多了。

从少年到现在，中午几乎不睡午觉，可是，这些天，中午总是会不知不觉睡着了。

就是不知不觉。

春眠不觉晓。这个晓，有甜美的意味。

于枕上，听着老戏，不想睡觉，或者没有睡的意识。可是，睡着了。醒来，收音机还在响着，唱到第三场了。

和朋友说了，也许是老了，居然这样贪睡。晚上十点睡去，早晨七点醒来，几乎没有梦。朋友说，那是境界了。能够睡觉的人，是幸福的人。

于是继续睡。听着老戏，醒来，戏还唱着。

植物

海是认识了十几年的老朋友。多年前，曾在一个小酒馆中喝醉过。只我和他，骑自行车去一个叫 NM 的地方，彼时还年少。

后来我离开小镇，越走越远。

这次回来，打了电话给他。他依然在那个叫 NM 的地方，教学，并无多大变化。

阴天的那个上午，他决定带我去看植物，沿着河去看。

“怕累吗？”他问，“换上球鞋吧。”

换了球鞋，从“双鱼座”小店买的。两个人沿着堤岸走，河水泛出一些透明的光泽。因为昨夜刚下过雨，土地是潮湿的。又因为是五月，堤上的槐花散发出无限可能的香，刹那间有一种迷醉。

堤上除我俩空无一人，只有流水声。

遇到塌方。

也许因为刚下过雨，河岸的土往下掉，河边的树裸露着根基。

“马上就要倒了。”他说。

果然，树很快倒在河里。树的尸体很震撼，土依然一块一块地掉到河里。没有说话，各自发呆。

天阴得恰到好处。

“你喜欢这阴天，对眼睛好。”

“是。”

谈起杜尚，也谈塞尚。他说：“塞尚是个笨人，另一个笨人，徐悲鸿。他说，他听不到槐花落地的声音。”

笑了。

并不是每个人都能听到槐花落地的声音，灵性这东西，求不得。

* *

『我们相爱一生，一生还是太短。』这句话，用于这个五月同样合适。五月，和你恋一月，还是太短，太短。

这诡异的安静与彻底的清凉，他仍然读书写字，离异，租房子住。女儿跟他。手机里，他女儿的名字是：海的女儿。每次来电话，都有声音提示：海的女儿的电话。

岸上很多坟，旧坟新坟。

并不觉得异样和可怕。只不过是另一种物质，散发出更为孤独的气息。坟边有野花，烂漫地开着。生与死，都是这样自然。

已经走出十公里。

没有想到会遇到这样多的植物，简直触目惊心。

原来整个村子全在种植物，是他们的营生，像误入了藕花深处。

两个六十岁的老人在种“金娃娃”，土地泛出湿气，挖一个坑，种进一株。一株三毛钱，明年可以长出几株，可以卖几个三毛。

“种高粱或麦子没有钱呢，种花有钱。”

看到很多叫不出的名字的花和树。心惊着。法桐，香槐，还有琼花，白花花，香气扑怀，妖气得让人觉得恐惧。

跳到里面，看到后面有火炬树，红槐……因为到处是植物，以为是桃花源。

三两种花人在广袤的花前，倒成了陪衬。蹲下和他们种了两株。到底是笨。

又往前走，遇到一女子。三十岁左右，抱着一岁多的孩子。看着我们：看花呀。问她这个叫什么那个叫什么，植物就知道十几种，却原来阔绿千红。

你听：粉红景天。这个叫法最浩荡，开着艳丽的花，一大朵。常夏石竹、地被菊。这地被菊是一片金黄，铺在地上，真是惊艳。

漫海姆、金玛莉、藤本、菊红火焰都是月季品种。对月季常有微词，不甚喜欢，但这几个名字真妙，俏极了。

有种菊叫黄小菊。想起自己小说，有个自卑的女子就叫这个名字——黄小菊。小小的，不惹是非的菊、安静的菊。连翘也好听，绿绿的叶子，亦有黄色叶子，唤金边连翘。听着像一味中药，实则是一种骄傲的、不开花的小树。

亦有梅花，叫珍珠梅、美人梅，有病态的美。梅都清瘦，分外有骨骼。春天榆叶梅开得正艳，锦绣院子中好多。来不及赏，纷纷花且落。

也看到凌霄。舒婷笔下的，往上攀缘着，红艳艳的。红的花例来不太欢喜，因为过于招摇，更喜欢那小小的暗暗的，有人生意味的花。

海棠亦多，这两个字听着就心艳：垂丝海棠、贴梗海棠、西府海棠。在《春闺梦》中张火丁是这样唱的："海棠开日我等到如今。"站在海棠树下拍了照片。犹记得去年三月在苏州拙政园，海棠树下两张笑脸，一辈子都是心里的甜蜜。

女子说："周总理就喜欢海棠，门前种的是西府海棠。"

她轻声细语。也许因为种花的缘故，脸上居然有植物的安静，身上有植物的清香。

那木槿与它的名字不相符。也许名字太美，所以，见得实物的平庸心里很失望。

红瑞木是见过的，一枝枝红色的枝杆飘向天。冬天落叶的时候折了几枝放在瓶子里，只喜欢它飘逸而寂寞的姿势，不知道它叫红瑞木。亦有黄瑞木，都有难得的贞静。有些植物，长相就清幽，天生命素。

那天目琼花是去年在扬州见的。扬州是个让人迷惑的城市。前几天看扬州盐商，吴盐胜雪时，那时有很多有钱男子养几个美妾，称谓瘦马。这瘦马二字，婀娜旖旎，能品味出扬州之味。何况扬州有大运河，有琼花，有瘦西湖，有园林。更有几百年来沉淀下来的味道，侵略到骨髓。琼花艳白而妖气，当扬州的市花自然是好的。

但最喜欢的花是红王子槿带和四季槿带。那一串串的花，原来是槿带。初听以为是锦带，她蹲下，在地上写给我看：槿带。

还有紫萼，就那样随意地长在地里，这么美的名字，因了随便，就更有了壮阔。

还有紫鸢。开着蓝色的妖妖的花，叶子的片子是扁扁的，远远看上去，这阴天里，像一场破碎的童年和电影。

春天的意义就在这些茂盛的植物吗？

因为整个村子全种各式各样的植物和花，路边随意就开着马兰。幽幽的兰花分泌着一种气息——这是春天许给我的最好的社物，突然遇到这样一个种满了花的村子。

金边莲、白玉簪……有些混乱了。脑子中这些花名没了次序。

“来家里喝水。”女子坚持着。

跟着她进了村子。

进得门来，有狗，猛吠。她呵斥了一句，狗不叫了。院子里种着芍药花，大朵大朵地开着，正艳。

是乡村别墅，有些粗糙。但是，很热烈。

给我们买来瓶装水。拿来很多花的照片给我们看，介绍着花的习性——这场花事，多么壮烈。

“我老去廊坊卖花呢。”

她留了我手机号：“下次去了，我给你送花去。”

聊了些家常，看到快近十二点，她强烈要求给我们做饭吃，我们拒绝了。偶尔遇到的女子，有着异常的热烈和安静。

抱着孩子送出我们，一直挥手。海说：她像范秀美。范秀美，是胡兰成在逃灭亡路途中遇到的女子。

是，我说，她像范秀美，端丽、贞静。

她最像一朵花，开在乡田野间。

她叫，黄一平。

坟地

如果有时间，海、阿文还有我，我们三个就会游走。

在春天里游走，居然走到坟地里。

不觉得害怕。只觉得天地洪荒，生死忽尔，于漫漫光阴，是太短的一瞬。最后不过是这坟中一把枯骨。

而天地明亮，这五月春水，有少时好友相陪。三人行于上，看坟地间野花，是那种叫灰灰菜的花。开得极烂漫的花和坟成为最艳烈的对比。

生和死，从来最类似。

有多明灭，就有多轰轰烈烈。有多贞静，就有多炽烈。

沈从文少时喜欢去坟地里玩，倒在坟地里睡觉。

裴艳玲胆大，演了钟馗，专门捉鬼，她说自己是看坟的出身。“看坟人”三个字就有一种难得的意味。

一座坟连着一座坟。

五月的风吹得头发飞起来，河边的水汩汩向东流，水影倒在河里。

三人不语，安静地坐在午后的阳光里。

不问，亦不答。

永定河边，有枯死的树。剥了皮，就那样干枯枯地立着。枯木难逢春，枯了就永远地枯了。

有几棵枯死的老树茂密地长在一起。枯一旦茂密起来，就有了巨大的忧伤。新坟还有清明烧过的纸钱的痕迹。

喜鹊到处都是，黑白分明。有时叫，有时不叫。

天有些许阴，槐花香气袭人。“阴气太重了。”海说，“走吧。”

于是走。

还是回头看了一眼。那些坟，埋着怎样热烈的人呢？现在，她还求来世吗？还求还遇到年轻时遇到的那个人吗？还是，故意选择了在这堤岸之上，等待那命中注定的人？

三天两夜

决定这场长谈话是蓄谋已久了。

甚至带了录音笔。

海说："留下来吧，早就应该了。不知哪天就会消失了……"他过度的灵性总是让人感觉恐惧。背影尤其像弘一法师，清瘦而绝，那眼神也像。

初识于 1993 年，和何骑自行车去一个叫煎茶铺的地方看他。

如今多少年过去，除了有一屋一屋的书，他一无所有。

眼睛依然那样炽热干净。像得了病的人——一生狂热，他的行走从少年到现在。每天，持续几十里，保持着身体的轻盈和清瘦。瘦和轻可以保证生命的质量。

日月潭。

本是台湾明景，搬到了眼前。三棵树，枯山水，日本设计师的作品。章子松，石头，芭蕉，竹子，各种元素堆积在一起。

忽然就有了长谈的感觉。

从下雨天开始，雨下得极大，却不知。天昏地暗地说。

从日本说起，说它们的唯美、绝望。然后是霍金《果壳中的宇宙》：量子，离子，物理，天文。

说起画。从少年时的国外油画到现在的中国山水画，其实也是从少年到中年的过程。

“油画是向外扩张的，是侵略的，中国画是回归到内心的。”

“就像从摇滚到昆曲。”

大面积的辐射，从彼此到彼此，各自都感觉到了。

“我倚暖了石栏的青苔，青苔凉透了我的心坎。”

费玉清的《月下待杜鹃不来》，不来是境界，等待也是境界。

外面雨何时停了？

去拍照，三棵树前、老门前、日月潭前。

穿了一件明蓝的衣服，上面开着暗花芙蓉。

海说：“民国呀。”他总能一语说破。

再步行到田野拍桃花，桃花开得正艳。与阿文穿行于桃花中，她是最好的倾听者。

“必须阿文。”她低头记着我们的话，写在那本张爱玲的书上，记得飞快。

我们在桃花下笑得极甜美。

桃花难画，因为她的静吗？才不是，桃花最不安静，最放荡！

拍了很多，海说像武侠中的女子了。说得人一愣，心里都心酸了。

他不是这世上的人，从认识他那天就是这样了。他的文字，是写给一百年之后的。

吃了很多东西，喝了很多酒。

阿文都累了，在旁边睡了。

依然说着。

他蹲在椅子上。因为瘦，更显得小，可是能量又是巨大的。夜升起来了，夜又落下去。他何时回房间睡的？记不得了。早早地又来了——“起来起来，大好春光，不许睡觉。”

继续谈。

谈海子，阿赫玛托娃，茨维塔耶娃，纳博科夫，杜尚访谈录。

谈饿了，决定去他家包饺子。

去北杨庄桥头买菜。很多菜，西红柿，黄瓜，紫茄子等，才花了二十九块钱，提到二楼去。

边包边谈。手艺不是很熟练，加入了刘老师，谈到莫迪利阿尼。他喜欢国外的大师，从音乐到美术。长相也是外国人转世一样。眼窝陷下去，颧骨支出来，看着就像从德国而来。话不多，一出，就能击碎空气。

喝了酒，谈得有些忘乎了所以。年轻时张牙舞爪，现在，静笃之下是万里江河吞吐了。

决定去行走。海谓之行散。

仿佛魏晋之人。走得极快，风极大。走着走着就没了时间空间，就没了今生他世。遇到花，遇到水岸。那叫槿带的花儿呀，一串串的红呀。

“水粼粼，夜冥冥，思悠悠，

何处是我恋的多情友，

风飕飕，柳飘飘，榆钱斗斗，

令人长忆伤春的歌喉。”

突然听到这样的歌，虽然是手机的铃声，仍然无法无天地喜欢了。

“当每个字放射出应有的光芒，你会认清那光芒之中的你，那时你就会重新变成你。”海说。

我们什么都有，我们什么都没有。

时间的线索是由文字组成的，多少年居然没有改变，快修炼成琉璃了。

继续谈。

早就天昏地暗。

外面风声断雨声弦，记不得了。开始看八大山人的画，去文丰书店——霸州小城中唯一的书店，它滋养了多少霸州的文化人呢，又脏又乱，居然有很多精美的画册。

只有一张简陋的凳子。

“你坐。”他说。

捧着厚厚的画册，上面接了一块玻璃的顶子，下雨的时候会漏雨，用地图接着，以免打湿书。

最喜欢八大山人。海就笑：大家都说喜欢八大，可是，谁能真正懂他那种要命的孤独呢？谁学他都学不好，因为八大的孤独只有他自己最知道。

浩瀚缥缈的时间里，只有最懂自己。

乾坤朗朗，只有荡气回肠的气息在这个小书店里。

一个下午，说话最少。

临走拿走二十世纪六十年代出版的《呐喊》《二三事》，当时几毛钱。店主执意不收钱。因为常常在这里买书。

有些炽热。

他说，这是我们的清明上河图。

发廊、卖手机的店一个又一个。小吃店、服装店、沙县小吃、烧饼铺、阿迪达斯专卖店、穿丝袜化浓妆的女子。

仍旧回到日月潭。

这次说的是村上春树。他隐居在东京的乡下，自己做饭吃。

又说起张岱、李渔、袁枚，自叹不如古人。偶尔抬头，见那日月潭竹海销魂，灯已亮起。夜晚更是鬼魅得不像样子。

好像数不清的人在那清脆的海面上一闪。那灯是蓝色的，就更有了鬼狐之气。

坐在湖面发呆。

倏尔远逝。

什么前生，什么旧世——这个地方，我哪里见过。

海说："必是为喜欢它的人移植于此的。就如同遇见。如果遇见，别轻易说出，否则就是伤害呀。"

当然是伤害。所以，就这样慢慢地老了。

* *

浩瀚缥缈的时间里，只有自己最懂自己。

有钟声，不知哪里而来。

其实三天两夜已经过去了。阿文走了，老寒也走了。清华的博士，学了半生美术，画里俱是旧山水。海指出他画中那绝望的悲哀，老寒叹息一声，什么也没说。

阿文发短信说：怎么好像过不够似的。

海说他是丰美的、稚嫩的春天，千万，千万别走到秋天呀。不要走这一步。

七窍开了，就要看得到这日月，这山水，这悲哀，这杜鹃不来。

终于都消瘦下去了，终于都平息下去了。

雨终于都停了。

三天两夜，像一生似的长。

“永结无情游，相期邈云汉。”

食物

突然对食物有了一份难得的热烈。吃什么呢？早晨刚刚吃过，又想中午。

还是喝些酒吧。

青岛纯生吧。一大锅水煮鱼，那辣椒也热烈地奔放着。怎么这样爱吃辣呢？像前世在口味上就是南人。南人就有着隐忍的热烈，以口味的形式显示了出来。

谁写吃写得最好？

当然是汪曾祺，读得都流口水。

——不到一定境界是爱不上食物的，它最给人温暖。

朋友说，如果失恋了，不必倾诉，吃就行了。

每天扎针的路上，有早点小摊，只烙烧饼——油酥烧饼，先烙再烤。有炖出来的肉，用肉汤煨过的豆腐；炒出的土豆丝，里面的胡萝卜和小辣椒丝红绿分明；还有炸出的藕夹和茄夹。

这是家乡的小吃，每个霸州人几乎早晨都在吃这些东西。

但他们家最好吃。

男人戴八百度深度近视眼镜。女人烙着烧饼，兼收着钱，一手拿钱一手打开滚烫烧饼夹进鸡蛋、土豆丝者或肉。

并不卫生，然而最烟火。

简陋的几张桌椅，总是挤满了人。

除去夹肉，都是一块钱一个。

刚出锅的油酥烧饼加上藕夹，再要一碗老豆腐，吃得人心里胃里温暖起来，精神也饱满起来。

吃饱了要站着看他们烙烧饼。

面是昨夜和出来的，醒了一夜，分外劲道了。

揪一块，成片，涂上油面（从前放麻酱，现在麻酱太贵了，一个烧饼卖到两块没有销路。于是用面放上花生油，倒在擀好的面片上）。然后再放五香粉，一个个揪成小面团，小馒头似的。

看了几天。她开了口：甭看了，你学不会，换一个人，做不出这个味。

当然知道这个道理，同样的佐料，连克数都一样，鱼香肉丝这个菜，一万个厨师一万个味道。

每天去吃。

坚持了半个月。用家乡话和他们聊着天。

没人知道我从何处来，又到何去处。

和海去许多小饭店吃过，几十块钱，四五个菜。味道有乡野间味道，并不差。

妈亲手做了手擀面，碱放得极多，都黄了。可是，很劲道。

吃了两大碗。

给我扎针的魏大夫说："你吃的东西哪里去了？你怎么还这么瘦？你看我都不吃东西。"

我们坐在一起说做什么好吃。她喜欢吃山西的刀削面，在山西待过十年。说山西的大烧饼那么大，说着还比画了一下。

"你们河北饭不好吃，到处是平原，没什么灵气，没山，没水。没山没水就不行。"

有时候会带给她一枝野花。

红王子槿带正开得怒放。折了一枝，走了五里地送给她。她欢喜得不行，插在废弃的酒瓶子中——你中午吃什么？她问。

文丰书店

卡勒德·胡赛尼的小说，第一本《追风筝的人》是在文丰书店买的。那是十五年前。

文丰书店是小城中书店。

那是一间破旧的小屋，新华书店对面。

卡勒德·胡赛尼写出了更惊为天人的《灿烂千阳》，这本书，是十五年后仍然在文丰书店买的。

书店老板是外地人，三十多岁小伙子。读书不多，热爱文化，热爱文化人。他的好友，是海。

未离开小城时，每每去这书店买书。书店虽然小，却有着异彩纷呈的饱满。画册、册页、旧书、古书、线装书……小城的文人多聚于此。

那时买了很多盗版书。挤在拥挤的书中，会忽然找到几本好书。

海与店老板是老友，两个人去潘家园上货，凌晨两点就起，四点就到了北京。那儿的市场四点就开门了，然后转一天再回来，拉回一车书。

海说，一千块可以买一麻袋书。“麻袋”这个词特别生动。书，麻袋。一下子就有了生动的趣味。

日后每每从当当上订书，洋气得很。下订单，送货上门，付钱。也贵。每本六五折最低。全是正版书，一千块买不了多少书。如果买画册，也就几本。

文丰书店却有一种自然的底气，霸州千年文脉不断，香火居然是这一脉野生之气。但是，往往野生的东西最是缭绕最是生生不息。

再回文丰是多年后，依然如此破旧拥挤，与海相遇也是在这里。

其实是都有了老意。

但惊喜地抬头："还在这？"

彼此并不觉得生疏多少。

喝些薄酒，一起走十几里去吃早餐……两个人像风中的少年。

"再去进货，带上我吧！"

"两点出发，起得来吧？"

"起得来！"

老板是个温雅的中年男子，依然瘦。打拼下来，用文化滋养了本地人，却仍然保持着年轻时的眼神——干净清澈温润。每次去都话不多。

"来啦。"

"来啦。"

来了之后就蹲在地上挑书。

有一次看他处理书，一整套琼瑶全集。一块钱一本，有六七十本，一下全打了包。他用粗绳子为我拴好，然后放到车上。

"就当废纸卖了！"

却有刹那心酸。曾在年少时，在独居的旧屋内，夜读琼瑶，想象自己是那孤独的少女，想遇到那忧郁的王子……如今一块钱一本买来，放在书架上，不过慰藉少年的苍绿梦而已。

霸州变化巨大，文丰书店不改容颜。

何止不改的是容颜，连那内存的味道都是熟悉的——可亲可怀。那书是香的，那破旧的小屋，是温暖的。

越简洁的东西，越温润，这小小的书店，每每想起，都是故乡一个最干净饱满的梦。

声音

长期一个人待着，因为眼睛不好，不看书，不看电脑，不看电视，自然对声音多了几分敏感。

才知盲人的敏感绝对是因为隔绝。

关上一扇门，会打开另一扇门。开启的同时，必定有初遇的惊艳。

治疗的时候，诊所内有好多表。

十块钱一个的小腕表，因为要给治近视的孩子们计时，两分钟一个位。二十几个小腕表，没有人的时候，可以听得到它们秒针走动的声音。

嘀嗒，嘀嗒，有节奏。但节奏多了就有纷乱，马踏乱泥一样的乱。可是，我分得清。

闭上眼睛，能知道是哪个表在走。

有时候整个下午都在听表声。

嘀嗒，嘀嗒。这种饱满的寂寞让人心里分外空静。“轻移步走向前荒郊站定，猛抬头见碧落月色清明”。突然想到《霸王别姬》中的虞姬的这句。外面偶尔有车声，有树声。

有一天下雨，雨落到新绿的叶上，有一种清新的香，都快醉了。

晚上听收音机。

卖营养品的、治高血压、心脏病的。93.5 兆赫的怀旧歌曲、99 兆赫的流行音乐、还有打进热线唱歌的，没有伴奏，自顾自地唱着。

弹词、京剧、相声、咨询、评书连播，众多的声音，一下子能分辨出我喜欢的那个声音。

他叫欧阳。声音散淡，漫不经心，磁性十足。有点点不在意，像在自言自语。

如果是他在主持节目，就停留得久些。

否则就很快地改台。

交通台最忙碌，不间断的交通路况。

音乐台可以听得到几十年前的歌曲，也并不觉得多过时。听到小虎队的《爱》《青苹果乐园》，王杰、齐秦、李宗盛，都老了。谁和时间作对都得败下阵来。

住的院子有芭蕉。墨绿的，暗合了谁的心事一样，那叶子却有壮阔的肥。有一天半夜下雨，被雨声惊醒。

落到芭蕉上，有惊艳之声。

远处又有蛙，原来天籁之声是真的。雨停了以后，有清冷的花香染了空气。舍不得上床，在窗前听了半天，心里静得寂寂的。想起《源氏物语》来，此一般境界，如是我闻。

叁 * 明月照自身

表里山河：山西散记

* *

有些山河可以逆向行驶于时光，光阴愈久，愈宽厚，愈仁慈，愈散发出经久不息的味道。

我说的是山西的古代建筑物（文中简称“古建”）。

表里山河，万言一默。

丁酉荷月，吾与芳、姜剑波老师纵横于三晋大地，表里山河，分分秒秒震撼，时时刻刻潸然。山西，我来晚矣。但终究是山河故人，虽晚矣，终究来矣。于时光的洪荒隧道中拣起山西古建的珍珠，捧在手心里，一生珍赏，舍不得的心思有千千万。

当时的惊艳与震撼，以及泪水，以及无语凝噎，以及痴恋，以及前生之唤起，今日在蝉声和一杯茶面前重新跌宕起来。我自知笔力不济，但亦试图写出表里山河的部分肌理，以表达内心的狂热和如潮水般涌来的相思。

山西大概是我前世的情人，生死相守，相互懂得。忽然有一日失散江湖，待到相认，他鬓已白，我发成霜，相顾无言，唯有泪千行。

丁酉荷月六月初九，端坐于蝉声四溢荷花盛开的窗下，放着《桃花红杏花白》，单曲循环，开始这篇写给山西的情书。

丹津·葩默说："你以为心灵成长是什么？它不发光，也没有特殊声响。它非常平凡，就在当下。"当下我怀了赤子之心，想念我前世的故人山西。

"爬山越岭我寻你来……不想旁人光想你呀……"在《桃花红杏花白》里，开始温度稍高的书写，我试图降低情绪和文字的温度，竟是不能。于是只好任着性子一路野下去，不管了。

缘起

去年五月，山西卫视有一档节目《人说山西好风光》邀请我任评委。在这之前，我对山西的印象来自初中同学郝文华和学生小慧。同学是晋中人，小时借读于我家乡霸州，长大后成为知己旧友。我每去山西，他都陪游，晋中那些景点，全是他带着游的——乔家大院、王家大院、常家庄园、榆次古城……

我以为山西就是晋祠和大院，非常孤陋寡闻。甚至有段时间把“煤”和“老陈醋”当成了山西……后来小慧来我身边，那时她大二，在秦皇岛读艺术系。山西阳泉人，为听我的课一个月没吃菜，坐火车来北京听我的课——那时我在中国戏曲学院教书。

她跟了我四五年，带我回她的山西。是冬天，只记得一片萧索凄凉——我便执意让她离开山西。

她后来在我的小城生活，结婚生子，她的母亲也跟过来，时时给我做山西面食——刀削面、拨鱼儿、饸饹面、剔尖、猫耳朵……我的味蕾上，有了山西的DNA。

我也永远记住了那一大桌子菜，并且，把她们当成了自己的亲人。这是上天注定的因缘。

我的朋友芳是山西大同人。第一次见到芳是在她爱人忻东旺先生的画室——那个瞬间像卤水点豆腐，定格于时光的天荒地老中。她娴静而端丽地坐在那里，淡青色长衫旗袍，鬓间有一朵梅花，不出声自有声——我料定她是我的故人了。

后来交集多多，她言我是少年小禅，我言她是永远怀了一腔热忱又端丽古朴的鲜卑女子。她长相素雅古朴大气，鼻梁挺拔，似鲜卑人最初的样子，我疑她有胡人血统，她就笑。

五月，我录节目，她来探班，提着精致的水果和一件美极了的白衬衣。她在阳光下为我缝制一枚掉了的扣子，低眉瞬间，永生难忘。

我们便说起山西，她讲起那被人忽略的寺庙、壁画、塑像、雕梁，被尘封了千年的好东西，有的沉入冷宫，有的被人巧取豪夺，有的被遗弃——她去年和姜剑波老师去公主寺，看寺的人在地里耕田，骑了摩托车回来开锁："大中午的，你们看这些劳什子干啥，快看快看，我还要回去干活哩。"

山西的很多小寺庙都是这种情况，有人说山西有两万多个寺庙，国宝级单位 400 多处，300 多处是古寺。我听得一阵阵心里发热后背发凉。

她忆青春——那是她和东旺相爱的日子里，一起去运城的永乐宫里看壁画、画画、星空下聊天，又去吕梁的碛口古镇住窑洞，看对岸的烟火，枕着黄河水入眠——那时她深爱着这个有才气的男人，尽管父母和亲友反对，她还是嫁给了这个一无所有却才情横溢的男人。

这个叫忻东旺的男人，生于张家口康保一个小村庄，十几岁是远近闻名的小能人，给十里八村的人画炕围子。张家口不养人，他背了包出来，到山西煤矿，又考大学，一路画下来，从山西师大到天津美院又到清华美院，已成传奇。

50 岁那年，上天夺去他，因为妒忌他才华横溢，娇妻爱子。芳每次忆及，我便陪着潸然——世间最负人的大抵是这生死深情。她去看他 17 岁时画过"炕围子"的小村，拿回一块他画过的玻璃，"心疼得彻夜难眠"。我陪着她心疼，心疼却无能为力。

他们的大好时光是在山西，他们一起走过很多山西的表里山河。她动容地说着，我动容地听着。不知何时，泪水蔓延开来，我把头埋在枕上，情绪久久不能平息。

她抚摸我的发："禅，我们明年去深度游山西吧，我带你去看古寺、雕梁、壁画、塑像，中国元代以前的木结构古建筑 70% 在山西。”

就这样约定了，一诺千金。

当时我上《人说山西好风光》演讲台，我说起了同学、小慧、芳，我的声音有些发抖，全场的人在落泪。我说 ：“来山西吧，总有一个地方会让你热泪盈眶。”

出发

7 月 18 日，我与芳在北京西站集合，G613，下午两点出发。同行的还有芳的儿子省江，清华美院大二学生。高高壮壮的小伙子，寡言肃穆，似古韵之人。

20 岁的少年好古，金石、篆刻、京剧，似逆时光而行的少年。

火车上摆了茶席。芳精致而典雅，带了茶包泡茶，同火车的大多是山西人，纷纷给老茶，老白茶、黑茶、红茶。说着山西道着山西，还未到山西，心里已被山西淹没。山西人诚恳而赤烈地笑着，从心底里荡出无限的暖意来。

下了车五点半，芳的大学同学亚丽夫妇来接我们，去他们的世外禅园。

天意，居然也叫禅园。黄昏时分，漫步禅园窑洞，喝一杯老茶，心清凉人清凉，又见亚丽夫妇设计的器皿，粗朴野气，美极。亚丽挑了两只送我，一黑一白。

我又见亚丽的画，一派拙朴天真，妙极。亚丽女儿自小没上体制里的学校，一路私塾，似古代的女儿，远远悠悠地站在那，不语。

在傍晚的黄昏中吃家常菜，说着家常的话，我的心却开始向往明天要开始的旅行，还有传说中的姜剑波老师。芳说他去年刚换了个肾，山西教父级别的导游，此行的行程全是姜老师安排。

我们有个“七月有禅”的群，旅行线路一再调整，考虑到晋南、晋东南天气太热，调整到晋北。

正是七月，北京已高达 40 摄氏度，全国很多地方进入烧烤模式，晋北 20 多摄氏度，姜老师细心周到，方案在群里调整五六次。姜老师头像是尊菩萨，芳说姜老师长得也像菩萨，小个子，貌不惊人，但有力量感。

我盼着见到姜老师。

南涅水

7 月 19 日，上午与芳去山西省博物院，见石院长，商议忻东旺先生在博物馆展览事宜。石院长考古出身，一派低调古风。讲解师李平老师，温婉得体热忱，看了很多珍品，如浮光惊鸿。记得的是三晋大地的壮阔与华美。魏晋南北朝，这里剑如丛林，混乱中文明碰撞出三晋文明，一份沉甸甸的历史答卷。

中午，晋韵楼，芳的二嫂请客，一桌子山西美食。我先饮一碟醋，又吃半盘“栲栳栳”，见到传说中的姜老师——果然如传说中一样，并不高大的身材，面若菩萨，看不出换了肾，脸上带着谦卑微笑。随行是他16岁小女齐齐，亦不多言，但后来被这孩子渊博的历史知识征服，姜老师记不住的还要问她。

终于决定了行程路线，我怕热，坚持晋北，去五台山上乘凉应当不错——我抱着半是旅行半是避暑心态。谁知以后被震撼到汗颜，也根本记不得晋东南38摄氏度的高温，忆起时只是几个关键词：正午，38摄氏度，寺庙，芳湿透的衣衫，惊人的美和绝望的孤寂。

姜老师一意孤行坚持去晋东南这条线，并且说，全中国宋辽金以前的地上结构建筑160座，晋东南占了80座，他又补充了一句：“晋东南不热。”

前一句他说对了，后一句错了，但后来我和芳在汗流浃背的时候，和姜老师开玩笑说：“晋东南一点也不热。”姜老师就呵呵笑了。

这一趟文化之旅下来，姜老师成为我心中的菩萨、赤子之心、热血、慈悲——他是为山西而生的，或许前世也是一个修行人。而我们看过的寺庙风景、雕梁、壁画、塑像也是一期一会，芳说不知明年是不是能看到这原汁原味的景象。反正看到就是看到了——恰好的时光恰好的人，我们仨。

没有早一步，也没有晚一步。天注定。

* *

山西，我来晚矣。但终究是山河故人，虽晚矣，终究来矣。于时光的洪荒隧道中拣起山西古建的珍珠，捧在手心里，一生珍赏，舍不得的心思有千千万。

一切是没有办法的美好和力量，我臣服于上天的安排。

第一站是长治的南涅水石刻。北魏时期的石刻和造像塔，在极偏僻的村里，几乎没有游人。五点到达，在造像面前痴呆过去——第一次看到这么多民间造像，很民间，很生动。大抵是家里有了红白喜事，要造一尊佛像，然后一个一个摆起来——是民间对佛的敬意——佛教文化在北魏孝文帝时期达到又一个巅峰，皇家造像工程便是云冈石窟，而南涅水是更生动的民间表达，每尊佛像都睁着眼睛，有干净明亮的眼神和笑容，元气满满，越到后来越低眉。

宋以后的佛像几乎都低眉——一脸远远躲开世事沧桑的样子，我喜欢这最初的佛像，张扬着并且喜悦着，甚至是一种伟大的启示和力量：活下去，总会有光。

线条奔放而粗犷，是那个时代的气息——魏晋南北朝时期，有自由的狂放和不经雕琢的练达，每个人口中都含着一口真气似的。

我迷恋这口真气。

长治便在古上党，秦有十六郡便有了上党郡。大禹治水、女娲补天、神农尝百草、精卫填海、后羿射日的神话和传说都是在这里，生生不息的画卷，长治是北方的南方，南方的北方。

晚上宿长治，吃了长治的甩饼，配了驴肉和驴肠。

做甩饼的女人揪一块面，用两头尖尖的擀面杖裹住面甩起来，直到甩成一个薄片放到一个圆盘形锅里。一两分钟一张，熟练极了。我吃了三张。

饭后去长治大剧院看了上党梆子《打龙袍》，山西的四大梆子，我偏爱上党梆子。作家赵树理是这里人，上党梆子唱得好。

也是第一次听一整出的上党梆子——在上党梆子发源地，上党这两个字好，无字的古意。

原起寺、大云禅寺、龙门寺

最是风雨故人来。这一天的震撼是夏雷阵阵。

一路上放着《桃花红杏花白》，也真是翻山越岭寻你来——324 省道上，穿行着无数辆拉煤的大卡车，几乎是在夹缝中穿行。开车的郑师傅是大气沉稳寡言的中年人，一脸的正气和稳妥，考验车技时从来没有让人失望过。终于到达第一个寺庙原起寺时正是中午。寺庙要关门，而且必须要介绍信才能进。

介绍信？仿佛一下子回到二十世纪七八十年代。

终于进来寺院，巧遇走遍山西的刘勇老师。几年前加上微信，他是北京人，来了一次就爱上了山西，“我不是在山西，就是在来山西的路上。”他果然一年有一半以上的时间在山西的角角落落——他也是山西的山河故人呢。

原起寺始建于唐朝，唐庙宋塔，还有开元时期的造像碑和经幢。一千二百多年来的小寺庙，却有动人心魄的古典美。宋塔上有 8 个小铁人守护，风吹起时，风铃响动，似吹来了宋朝的风。站于墙边可俯看浊漳河，远处有松涛阵阵。

芳打开茶包铺置茶席，省江画宋塔素描，齐齐坐在庙前思考。我与姜老师谈古论今——姜老师真是博学之人，一肚子学问，通晓古今。我真想称姜老师是“百度”，他张嘴便来，仿佛几个 G 的存储器——在姜老师面前真汗颜。

正午的古寺只有我们几个人，蝉疯狂地叫，温度有 37 摄氏度。芳的衣衫全被汗水湿透，我不爱出汗也出了汗，那杯老白茶真香。

姜老师吟着石碑前对联：雾迷塔影烟迷寺，暮听钟声夜听潮。真是好意境。

到老都记得原起寺这杯老茶。

几个人闲散地吹着山风，仿佛是在宋代。这正午的阳光让我迷恋。

中午下山午餐，随便找了路边小店。像极了贾樟柯的电影，脏、乱、差。案板上只有土豆丝和韭菜。电扇吹着热风，筷子放在残破的塑料盒子中，几张餐桌铺着廉价的塑料布。锅盖上有极厚的油泥，墙上有两张塑料画，是两只公鸡，还有一张是儿童抱着一条大鱼，上面写着四个字：鸡年好运！

店里只有一个男人，说：“没有炒菜，如果吃，每人一碗炉面（相当于炒面）。”我们异口同声：“吃！”外面拉煤的车轰隆隆经过，十秒钟一辆。小店的电扇下面，坐着五个赶路人，店主炒完了坐在那里看着窗外抽烟，一时悲欣交集。

山西的煤有快拉完的时候，老祖宗留下的宝贝就这么多，手捧金碗无人知。而那一辆辆奔驰而来的拉煤大卡车此时又是山西命脉，一时不觉叹息良久。芳和姜老师说小时候全是拉煤的车，路更难走，有时会堵上几天几夜。

“煤曾经拯救了山西，某种程度上，也害了山西。”

下午两点，抵达长治的大云禅院。大云二字壮阔低徊，又叫禅院，暗含我名字。提前联系好的人在等我们，又是只有我们几个人的寺庙，推开庙门的刹那，我被惊到了。

去过日本几次，分外迷恋那里的寺庙，以为是世间最好的寺庙：禅意、空灵、古意。我见到的中国的大多数寺庙，香火缭绕、花团锦簇，甚至是热闹的。大云禅院的初见，瞬间被袭击，这是我们真正的古寺。唐五代建筑，石敬塘所建。

简洁、干净、大气、疏朗。殿前只一棵松，只一棵！

高耸入云，刹那间进入了我看过的中国古画之境，如此禅意又如此空灵。寻了半生，终于对了，终于对了。

原来在山西，是啊，在山西。古中国，尧舜禹，战国七国，晋占了三个。又因为少雨和天气的湿度恰恰好，还因曾经“海内最富”留下了这些千年古建，又因最后潦倒，终得存下这些古建。

“地上文物看山西”，名副其实。这些古建有了老灵魂，以最真挚的态度迎着我这个故人。

芳在正午的艳阳下跳起舞来，深情唱着《桃花红杏花白》——桃花来你就红，杏花来你就白，爬山越岭我寻你来啊……不想旁人光想你啊……

我给她录着像，看着大云禅院后面远山如黛，还有千年古刹和老松，再看眼前人，泪水终于轰然而下——又怕人知，几近抽噎。不小心录在了视频里。

姜老师喊我们去看那屋内的五代壁画，我说过一会儿便去，偷偷抿了泪水。于松下呆坐很久才红了眼圈进去——我与故人终于相认。彼此辨出，一眼千年。

潮剧《苏六娘》中说，听蝉声几度，月转星移。我在五代壁画前久久屏息。看守的人告诉我，文革时期，这里是仓库、羊圈，还当过学校，没人拿它们当回事。我在这里 30 年了，天天守着它们，有了感情。他站在庙前松树下，诉说着对大云禅院的感情。

后院是一栋清代建筑，亦古意盎然。门前两棵树，长得古朴飘逸。我和芳坐在古树下唱戏，仿佛那树听得懂，风也听得懂。我指着树说，一棵是你，一棵是我。

最后一站龙门寺，集六朝古建于一身的古寺，后唐、宋、金、元、明、清。六朝古寺集于一身，全国唯此一例。

已近黄昏，我们拾级而上，走了很长的路才看见山门——我笃定地认为前世我在这里修行过，或者是一个小沙弥，那山门熟悉得像前世电影中的镜头。迎面两棵高耸入云的白皮松，孤傲极了的样子，像二僧对坐。我第一次看到这么老这么苍劲的白皮松，像王羲之晚年的书法，全是苍凉和力道。

沿两棵树再走近百米方见山门。寺庙背靠山，风水极佳，前面亦是山，开门便见郁郁葱葱的山——我至死不会忘记这个山门，前世一定住过的，一眼便认出所有细节。

黄昏的光照在寺庙的门上、顶上，有了金光，周围一片松涛之声。蝉鸣四起，我坐于寺庙松下，久久不平息。

我听到自己的呼吸是烫的，它用最禅意空灵的物质灼伤了我，我喜欢这种灼伤。

在山西，凡是古寺，必有古松，且只一两棵。古松飘逸遒劲空灵，唯有古松方能配得上古寺，妙处难以与君说。那千年古寺旁，一两棵古松真是草草一笔，我只愿来世是这棵古松便好，陪着古寺看尽千年风雨。仿佛看到古人在这等我，山西古建让我穿越到了古典中国——这是中国的样子。

寺庙内各个朝代的建筑皆有特色，古朴端丽。宋代建筑里有金代壁画，鲜艳生动，万言万瞬，一默如雷。我内心震撼，想起傅山先生云：西庵检行李，心失北沟边。心就这样被古寺整得没了魂儿——我只想放声嚎啕，因为失落了很久的亲人和故人终于相认。

芳在屋檐下摆开茶席，一杯小青柑且解心慌。我摸摸胸口，是烫的。落日余晖中，远山苍茫，我们站在大山面前，像茫然时光的孩子，不知所措。回望山门，古寺掩映在苍松翠柏间，远山、古寺、白皮松，瞬间，有一种此生足矣的感觉。

这是我们最难忘的七月，像爱上一个人，每一秒都想厮守在一起，地老天荒。我并不知道，这是刚刚拉开的小序幕，最震撼的还在后面。

那天我们决定住山上的岳家寨，岳家寨是岳家后人，岳飞的三子岳霖的后代，第 34 代传人。

崎岖山路十分陡峭，上山的过程仿佛行驶在五代画家荆浩的画中，也像行驶在北宋画家范宽的《溪山行旅途》中，一片北国的山川景色。

披麻皴的技法在大自然中，山势险峻而疏朗，是北方山峰的样子，冷峻、有骨头、温度低。南太行的山峦绵延着，一派北国风光。

郑师傅的车技好极了，始终是个担事的男人，一声不吭，即便下面是万丈深渊依旧不动声色。下了车又体贴妥当，把大家行李都安置妥当，从不多一言，脸上表情永远微笑镇定，是我见过的最好的司机。

姜老师和芳在车内唱山西民歌，两个人都深情阔朗，我每每听到都心潮起伏——我们三个都不似中年人，心里都藏着一团火，随时可以点燃。

连我都不相信姜老师是换过一个肾的人——他每天闹铃五次，提醒自己吃排异药，像服糖丸一样轻松，谈笑间仍然有春风。

他又轻松地说：大夫说一生可以换八次肾呢，一个肾只能用十几年，我到时再换……他的口气好像是在说去理一次头发，简直视死如生。

我又问姜老师做过多少次手术了？彼时我腰疼难忍，盼着早点到岳家寨。姜老师说："11 次。"我张了张嘴，半天没说话。后来芳问我是否腰疼？我说："我没有腰没有腰，在姜老师面前，怎么还敢有腰？"

面对姜老师，总有说不出的悲欣——他散发出神一样的力量，脸上的笑似菩萨似的，不愿意相信他的肾换了一个，愿意这样有情有温度的人长命百岁。

岳村长已经在等我们，又逛了太行深处的供销合作社，有 53 年了，墙上的报纸是 1976 年的报纸，写着"抗震救灾"。那一年，唐山大地震。老人坐在窗前拨算盘，我买了五块钱一袋的动物饼干——小时候的奢侈品。

岳村长是岳飞后代，第 34 代孙。当年为了逃避追杀和战乱来到太行山深处，他聊起岳飞："我们老祖宗太傻，天天想迎回二圣，你说二圣回来宋高宗赵构咋办？真是个傻人，人家是一定要杀你的。"

在山色中吃饭——面前是太行山，手中是一碗饭。住在山寨的石头房中，不能洗澡。索性早早躺下，看着窗外的星光，听着蝉鸣，闻着露水的香气睡去了。

太行山深处的那些石头房子一定知道，在丁酉年最热的七月，我们来过——在石头房子外，看见了满天的星光。

开化寺

山西古建之旅结束后，我的内心一直有风暴，不能平息。情绪和文字的温度都处于高温状态。我去自家园子中看荷花，看月白天清——正是落月，荷花开得正好，木槿在草地上落了一层。我坐在亭子中发呆，脑海中俱是山西古寺中的雕梁、壁画、塑像、经幢——千年前的事物席卷了我。我甚至不想和任何人说话，就想煮上一壶老茶一个人慢慢喝。对山西的相思和想念像爱上了一个人，恨不得分分秒秒都和他在一起，恨不得转身又立刻回去，我们在每个寺庙中都摆茶席，但我最心心念念不忘的，是开化寺那杯老茶。

“思归若汾水，无日不悠悠。”

离开岳家寨的早晨便踏上了太行天路，简直惊心动魄。几乎不能错车——对面来了拉煤的大卡车，郑师傅只能一直退一直退，退了几里找到稍微宽阔的地方让对方过去。半米之外便是悬崖，如果车落下去，我们无生还可能——芳一直闭着眼睛，而我想起曹操写太行山路之险：“北上太行山，艰哉何巍巍，羊肠坂诘屈，车轮为之摧。”果然是行路难。太行山有悬崖挂壁公路，是在悬崖峭壁上开凿出来的。奇险、艰难。七条挂壁公路，仿佛愚公移山精卫填海，为打通一条通向山外的道路——崖路陡峭，有人赶着猪去山外卖，27 头猪吓死了 13 头——猪摔死在万丈山崖下。“尝闻此中险，今我方独往。”

终于从山上下来奔了开化寺。

又是拾级而上，至高处见山门。宋庙，古朴素静——我第一次见开化寺照片是在芳的女儿那里，省池姑娘，清华建筑系大四学生，她们系来高平测绘，一群芳华正茂的孩子坐在开化寺屋檐下——我羡慕极了，建筑系的女孩子帅气又性感，芳说省池过几天来与我们会合——因为清华小学期正在上课，省池对古建有一往情深的感情。

那个古寺的下午被我一遍遍回放——如果是电影胶卷，已被我磨破。

古寺，微雨，一默如雷。内心翻滚，银瓶乍裂，我坐在千年古殿廊下，看着宋代建筑，一时动容。宋朝建筑一改唐雄浑壮阔之特点，变得柔和起来，梁柱开始用“减柱造”和“移柱法”（古代建筑物构造的专用名词，多见于宗庙），像简约飘逸的宋词，较之唐建，婉约了。

开化寺创建于五代后唐同光年间，初名清凉寺，北宋熙宁改名开化寺，寺内壁画是中国宋壁画最大最完整的。可惜了，那些镀了金的壁画被后人一块块将金抠了去，看着心疼极了。又因残破格外生动。

这些宋壁画纵然凋败了，一样令人动容——它画出了释迦牟尼的生平，从乘白象入胎、菩提树下诞生到比武娶亲、出游四门、树下问道再到逾城出家、得道成佛。寺内只有我们几个人，仿佛是宋朝穿越来的。有人安静地廊下泡宋茶，有人檐下听雨，有人画素描，有人看壁画……本来时间尚早，可以再去下一个寺庙，可是我突然和芳说：“芳，我们整个下午全在这个寺庙吧，这个古寺我好像见过，不走了。”芳说：“不走了，就在这虚度一个下午。”

那个下午的时光像镀了银似的，一层层闪着光，我们一直坐在廊下喝茶唱戏，听姜老师说宋朝那些事。天渐向黄昏，寺庙的王师傅说：我要回家接孙女了，你们给我锁好寺庙的门。

雨落在我们的茶里，我们不敢说一句话，怕惊动了谁似的。虽然知道时光是个暴君，但在宋朝面前，仿佛也温柔了许多。我把古寺中的时光切割成一段段珍藏，每一段都有茶气，而且，是宋朝的茶气。

那天，我穿了件薄粉薄粉的衣衫。

良户

良户两个字真好。像一个好男子的名字。晋东南古村落，夜幕降临时，我们抵达这个活着的太行古村落。

高低错落的阁楼老房、结构精巧的院落布局、砖雕、木雕、石雕到处都是，明清时期的老院子老房子比比皆是，木头风化了，石头风化了，写生的孩子们在老房子中吃着面，呼呼作响，青春与老房子的碰撞有一种心疼。

晚上在村子中找饭店，民居中的小饭店，婆媳二人在昏黄灯光下。要了几个炒菜，又要了几碗面，当然有我的炸辣椒——我之嗜辣简直令人咋舌，每顿要两碗辣椒方能下饭，仿佛是身体里的加油站。

骄阳已制作出我在山西拍的小视频，名字是《我是你的山河故人》，配乐是《桃花红杏花白》，星光下与芳一起回来。看到一半就嘤嘤地抽泣起来——仿佛那壁画、古寺原是我的，只不过被时光遗失了……芳也并不安慰我，她一直道我是山西的故人，并把视频发给贾樟柯的爱人赵涛。

第二日早晨在明朝老房子吃朴素的早餐，小米粥、土豆丝、鸡蛋、馒头，搪瓷碗很朴素，七月的太阳明亮亮，热。

侍郎府在良户的蟠龙寨，是田逢吉的私邸，坐北朝南，一进四院，照壁是动人砖雕，有海水、花朵、寿山、麒麟、火球、凤凰，无不生动，寓意是“寿山福海”，村里到处是这些，看多了不觉新鲜，只觉山西对得起曾经“海内最富”这四个字。写生的学生很多，芳便忆起自己的青春，和当时还是恋人的东旺老师一起去寺庙、古建中写生，她在学生中间走来走去，仿佛在见光阴中自己的青春。

府内有一副对联令我欢喜，是著名出版家张元济的联儿：“数百年旧家无非积德，第一件好事还是读书。”书者乃高平县良户村大队会计，字里行间全是文质彬彬，书卷气极浓。果然是古村落的会计，好极。

二仙庙

大暑，行至晋城西溪读二仙庙，远远望去，二仙庙美得空灵飘逸动人心魄，元朝建筑气势宏伟。我们在墙外看墙内，居高临下，蓝天白云下，背靠大山的二仙庙极幽极雅，那寺内老松伸入半空中，苍松翠柏逸笔草草，妙处难与君说。

二仙庙原本是为两个叫“冲惠”“冲淑”的女子修建的庙宇，东西配殿有梳妆楼，斗拱也秀气很多，好多雕刻有莲花。整个庙堂有润朗的秀气——大概是为女性而修的缘故。姜老师说是天意，言我和芳也是二仙，恰好大暑节气来到这西溪二仙庙。我与芳在廊下对谈。泡了老茶解暑气，姜老师说当年文殊菩萨与维摩诘对谈口吐莲花，但花不沾衣。又说带来12000人，只九平方米的丈二空间，居然也全走进去了。我们于午后廊下说着佛经故事，一杯杯老茶喝下去。

看护寺院的人哄我们走，说正在修缮。庙宇前的路的确被挖开了，但我们舍不得走，便去央求人家，几个人又准许待下去。

午后的阳光热烈如金线，包裹得我们散发了光。元好问在此住过六年，有题壁诗："不到西溪四十年，溪光流影想依然。拂衣明日西溪去，且放云山入浩歌。"元好问是个才子，十几岁便写出："问世间情为何物，直教生死相许？"后来考证他是鲜卑人，因为鲜卑人汉化之后多姓元和李。我见姜老师便似当年的元好问，走上二仙庙戏台一人踱步，满腹才情激情无人能赏，他的小女在廊下发呆，省江又去画画，我与芳廊下品茶，日光的斜影照在廊柱上。

芳问我什么是地久天长，我吟："此时，此刻。"

崇庆寺、冶底岱庙、皇城相府

山西旅行结束后，很多朋友问，看了这么多古寺，最难忘的是哪一个？很多人以为我会说佛光寺，但在我心里，是崇庆寺。

如果找一个最符合我个人审美和气息的寺庙，我亦选崇庆寺。

一见钟情，一见如故，倚天照海花无数，赏心最爱这一寺。

7 月 23 日，早晨在长治城隍庙稍作停留奔了崇庆寺。途径一片白皮松，美极。见山顶小屋，据说是后羿住过的地方，未进。

隐在深山绿幽处背靠山的多是古寺。个个风水极佳——想必从前的僧人是懂易经的。

我问芳："我前世是僧人吗，这么爱看古寺，而且，我又叫小禅，起这名字时才不到 20 岁，胆子有多大啊。有几个人敢叫禅呢？"芳说："那才是天意。"

那日又是正午时分抵达，也是有 37 摄氏度，我穿了棕色钩织吊带衫配蓝色真丝裙裤。芳穿了灰色真丝长袍，两个人坐在山门外看远山，身后就是宋寺庙崇庆寺，还未见庙门已听到木鱼声声。

庙门紧闭。敲开见两个老人三条小狗，我们说要看寺庙。老人问："介绍信呢？"

又被打回到二十世纪七十年代。央求人家给看几眼，一进寺院就惊呆了：禅意空灵的宋殿仿佛在等我们，窗前有两棵几百年的老松高耸入云，见证几百年光阴沉浮。门前还种着牡丹，老人说："有一千年了。"

我开始心跳加速。芳被美袭击，已连吃几日速效救心丸——我们宁愿被美袭击。

当看庙人推开正殿大门，当我看到千佛殿内的塑像，殿顶琉璃色彩艳丽，窗棂式样苍古，看庙人说是宋人旧作。坛上一佛二菩萨及背面侧座观音像华美肃穆得令人震撼。西配殿内是宋塑像，保存完好，上塑观音、文殊、普贤三尊菩萨，菩萨像两侧为十八罗汉，肌肉丰润，骨骼健壮，衣褶处尽是宋朝风韵。十帝殿推开时我心脏受到袭击，简直能听到自己心跳，在绝美的事物面前猝不及防的无能为力。一间小屋劈面而来，栩栩如生的一屋子雕塑。简直窒息！无路可逃。第一次，我浑身激灵一下，起了无数鸡皮疙瘩。芳和姜老师都被惊得说不出话，过了好半天，芳幽幽地说了一句："我没替东旺惋惜过什么，这次我替他惋惜了，他居然没有看过。"

虽是明代塑像，但生动极了，而且保存极为完整，实为罕见——我们去过的寺庙多数只是空壳了，里面的塑像多数毁于战乱和文革，这里却完整得令人欣喜。

殿内是地藏菩萨和侍者，左右塑十殿阎王，两山墙塑六曹四司判官，一屋子雕塑生动逼真，脸上或嬉笑怒骂或沉稳洗练，简直生动得想叫人号啕一场。

但看庙老人说该关门了，要看下午两点半再来。我便着急了，不走。芳去游说两位老人，动之以情晓之以理，并第一次搬出我是山西卫视《伶人王中王》和《人说山西好风光》的嘉宾。第一次，但看庙人说："我们没电视，也不看电视。"我着急得打长治旅游局王局长电话，他说："看得上看得上，放心。"

崇庆寺在长子县。当地文物旅游局张局长正在乡下工作，接了电话就往寺庙里跑，还带来了电视台记者，要我说几句，当然，还有午饭和西瓜。

快 40 摄氏度的高温下，张局长送来了汉堡和水果："雪老师，我媳妇是您多年粉丝，《伶人王中王》一期没落过，你好好看看，快为我们山西吆喝吆喝宣传宣传，我们山西到处都是宝贝，长子县的国宝级单位就有 12 处，省保级 4 处，市保级 27 处。这个千年古县，传说炎帝神农氏在此尝百草兴稼穑，古风盎然。”

怀着悲欣交集的心情，第一次在寺庙内接受了采访。

是在我喜欢的十帝殿内。说到一半时我把脸埋在手里，泪水和汗水混在一起，我说：“不好意思不好意思……请原谅我像一个故人一样讲述着山西、古建、寺庙、塑像、壁画，请原谅我情不自禁。”

第一次在采访中失态，几乎不能自已。

芳说：“小禅，我懂那泪水。”

在千佛殿的墙上，我看到一行小字：1982 年大年初一早晨。歪歪斜斜的粉笔字，在宋朝的一群小塑像下面。我问：“看庙老人为何这个寺庙保护得如此完好？”他们告诉我：“当年文革时期有一个还俗的尼姑住在这里看庙，她不让孩子们砸。”

“她应该是菩萨转世，然后来保护这个寺庙的。”

芳依旧在廊下铺开了茶席，三只小狗绕在脚下，面前是千年古寺、古松、牡丹，虽是盛夏，犹觉空灵禅意，我们留恋又留恋，几小时后依依不舍离开，去泽州冶底岱庙，看中国最老的戏台。

中国最老的戏台都是元代的，六座，全在山西。我喜欢戏曲半生，终于寻得老戏台。

黄昏时分抵达冶底岱庙。宋殿金戏台。那些大殿、山门仿佛都是为这隆重的戏台准备的，远远拾级而上，又见高耸入云之古松——古松是这些寺庙、戏台不可或缺的魂灵似的。古寺里一定有古松，且只有一两棵，最老的一千五百年，年轻的也有几百年。那古松是禅意的，是书法的，是中国画中负责高古的那一笔，多了就俗气。就那么一棵两棵点缀着，好极了的好。像试探人心，又像替佛保守着秘密。我方知那日本唐宋寺庙是模仿我们，也就种着那么两棵松，回到山西，我看到中华古建的好东西，掏心掏肺地等我。

芳学戏时间不长，但灵气十足。她唱昆曲，拜了好师傅，举手投足有模有样。霞光中她唱《牡丹亭》，生生就是杜丽娘。我亦上得台来，开玩笑说："大概前世，我是守护你的男子。"二人在台上唱了很久，舍不得离开。果然是最老的戏台，人也附了体似的，唱得格外好。后来回看小视频，简直以为是上一世的事情。

"今朝忽渡桑干水，不似身来似梦来"。

穿过庙堂、瓦宇、松柏，感受到静谧的力量，鸽子飞过，我的心飞过。

日落时抵达了皇城相府。康熙皇帝老师陈廷敬的老宅。小故宫一样壮丽，在落日余晖中更加古朴迷人。黄庭坚有名言："万言万当，不如一默"，后来被陈廷敬写进《康熙字典》，并且恪守终生。

山西这些宏伟的院落甚多，曾经那么富庶过的山西——但晋中多是晋商留下，晋东南多是官宦人家留下的宅院，略有不同。

当晚住相府庄园酒店，在山西黄河频道看到自己在《伶人王中王》的回放，正在点译史依弘，一时感慨万千——我到山西才看见了自己在电视上，是大因缘。

芳的女儿晚上十点赶到。因误了飞机改坐火车又奔了来。小林徽因足有一米七，抱着吉他下车，一脸的青春。

我们的队伍增至六人。

青莲寺

7 月 24 日，38 摄氏度高温，去看青莲寺。高速上开过了又折回来。

在隧道中，姜老师唱《想亲亲》和《走西口》，声音高亢，简直不相信是这么小的个子发出的声音，也不像换了一个肾的人。

黑暗中，我说："姜老师，你答应我至少活到 86 岁，您还带着我和芳游这表里山河的山西。"

他在黑暗中微笑："拉钩。"我们仨个击掌。

又是正午抵达寺庙。青莲寺分为上青莲和下青莲，是宋代寺庙。上青莲有一千四百年的银杏树和近千年的松柏。下青莲有六尊唐塑——山西现存唐塑 82 尊，山西佛光寺 35 尊，南禅寺 17 尊，青莲寺 6 尊。

但青莲寺略微有些许失望，院子到底杂物太多，禅意少了。工作人员也多。买了门票进去，见人家正在吃饭，土豆丝米饭，每人一盒。正是饭店，我们饿得不行。芳去问可以吃吗？给钱。不应。悻悻地看着天发呆。银杏树一千四百年了，成了精，我们快热蒙了。我的朋友陶亿笑说："是小而美的一处所在，如果晚一个月来，正是钰山望月好时节。"她又说："这个天气来看晋东南，是真爱。"我答她，是真爱，像热浪一样，心中滚雷震震。

下青莲比上青莲好。因为简单、古朴，亦背靠着山。唐塑的台子都低，于人世间有一份亲近，我只记得菩萨笑着，身材丰腴又华美，十分像那个壮丽的时代。

下山时忆起金代许安仁写的青莲寺："壶中烟景云水闲，寺在千岩万壑间，一夜西窗冷无寐，我看月落凤凰山。"

我回望隐映在山间的青莲寺，暗许誓愿，如有机会，一定择秋日月夜重来，看钰山之月，品古寺孤独。

而今忆起晋东南，印象最深的是：古寺，正午，热，禅意。

都像烙在心尖上，刻着骨连着筋——我是山西的山河故人。

南禅寺

终于要离开晋东南去晋北了。沿高速一路北上，天空、云、风都凉爽起来，而此行最重要的两个寺庙马上就要出现了——南禅寺、佛光寺。

为了配合这古寺之隆重，我们决定一袭黑衣。芳穿了一件黑色长裙，我穿了黑衬衣黑裙。姜老师依然穿着那件藏蓝色T恤，一直没换。上面有很多汗碱，领子磨破了，发了白。他心里只有这些古建，每天吃五次排异药还开玩笑，仿佛并不在意那些病痛，和发白磨破边的T恤。

南禅寺正殿重建于公元782年，中国最古老的建筑，比佛光寺还早75年。

抵达南禅寺也是中午，但晋北的风凉爽极了，裤管里像吹进了鸽子，扑啦啦地飞。芳说是唐朝的风，连风也是阔朗的。

南禅寺的名字好，日本亦有南禅寺。我与小金秋天去过，美轮美奂。

我如今见了五台山下的唐朝南禅寺，有一种相见恨晚和愧疚——我捧着金碗不自知。南禅寺有唐的遗风，斗拱雄大，出檐深远——我与芳在廊下走着。

风吹起我们的发梢，我们就那样绕着大殿一遍遍地走啊走，走啊走。仿佛两个古人，也的确是两个古人——我与现代生活愈来愈格格不入，不看电视，不用电脑，不会开车。所有文章全是手写，每日临魏碑写书法、唱戏、篆刻。芳也是，一笔好字，画也好，优雅得体，是盛唐女子的姿态。

省池的吉他终于弹了起来，在风中，她的长发拂着琴弦，大殿屋檐下她弹琴，省江画画，芳和姜老师泡茶。我一人殿前慢慢走，看那15尊丰腴而盛大的唐塑。

1999年，有窃贼闯进南禅寺，切断电源捆上管理员，偷走两尊唐塑，至今仍未破案，是憾事。

在我看来如此珍贵的古寺仍有很多管理疏漏——或许这些宝物天天见就没那么觉得珍贵，还有人问大热暑天千里迢迢跑来看这个干什么。

南禅寺的古松和千年寺庙知道吧——我们本是故人，愿意在千年后坐下喝杯茶谈谈心。

正午的南禅寺只有我们几人。

我一直和塑像说话，也像自言自语，也像是对着时光说话。门前那棵松是知道我来过的——那大殿的飞拱也知道的，那天的风真凉爽啊，像是秋天一样了，我现在想起来，都有秋风的金属之味。

省池唱着《性空灵》，我与芳立于山门拍了一张照，我们对立着，低着头。后来芳说我像一个受到神的指使下凡的先生，她来问一个事情。

那张照片骄阳非常喜欢——这个灵气逼人的孩子是我们的心头好，每天制作好视频发给我们。我和芳每日进了酒店头不梳头不洗脸，扑到床上就看视频，几乎每天一个。看了一遍又一遍。

有一次，芳一边洗澡，一边看视频，我告诉了骄阳，骄阳笑得前仰后合。

这场旅行，骄阳是隐形的一个，一直追随在旅途上。

我们整整在南禅寺发了一个下午的呆，黄昏时分才离开——仍然依依不舍。

芳说："南禅寺，小禅还会来看你的。"

我转过头下山，没有回头。

我们刻意选择黄昏时分离开南禅寺，几公里之外的不远处就是远近闻名的佛光寺，当年林徽因、梁思成就是在黄昏时分抵达的佛光寺。

我们也刻意选择了黄昏时分，并且准备夜宿佛光寺。

我们知道，此行的高潮终于要到了。

佛光寺

姜老师说他第一次见佛光寺的情景。

“扑通就跪下了。”姜老师说，没有办法，完全臣服。

他再次强调，“根本没有办法，美到崩溃。”仿佛所有时光就是为了等待与佛光寺的相遇。

1937 年 6 月 26 日，林徽因梁思成历经千里跋涉来到佛光寺。当他们黄昏时抵达这座唐代寺庙时，两个人热泪盈眶。

在此之前作为土建专家，他们一直未发现中国还有唐代建筑。有一次梁思成在图书馆查资料，看到敦煌壁画图中有五台山，而五台山下便画着佛光寺。

“如果真有这座寺庙，必是唐代建筑无疑。”当时日本古建专家已断言中国已无唐代建筑，要想看唐代建筑必须到日本来看。

那天他们激动极了，在唐朝大殿下打开了带来的所有罐头。我不知道他们是否给佛光寺磕了三个响头，但他们心里肯定为这个千年古寺祈祷过。

佛光寺的 WIFI 密码是 19370626，正是林梁抵达那一天，也就是发现了佛光寺那一天。很快抗日战争爆发，而他们依然走在考察山西古建的道路上。

是什么支撑他们如此坚定?

芳说 :“只能是上天的旨意和家国情怀。”所有年轻时对林先生的

＊＊

站在贺兰山下，人行天地间，忽如远行客。很大的荒凉和孤独，在又白又亮的太阳下，散发出更为荒凉的味道。

误解，都被她的赤子之心和家国情怀击碎，一个远行千里来探寻古建的女子，咳着喘着，体弱多病。梁先生的胸打着钢圈——想想就热泪盈眶，以他们的贵族出身，完全可以在北京当名媛、少爷。

可是他们一步步用脚丈量着表里山河，做了大量的测绘，留下了史诗一样的资料，创建了清华建筑系的最初样本——他们的测绘手稿至今保留在清华建筑系。

小林徽因沉默好久，这个清华建筑系的女生说：我还得努力学习……只这一句，如雷震耳。

这是 2017 年 7 月 25 日黄昏，我们来到最震撼的佛光寺。

唐代建筑、唐代雕塑、唐代壁画、唐代题记、唐代的松柏，原汁原味的唐代。南禅寺被修缮过，但佛光寺保持着公元 857 年的味道——梁思成先生说它是中国第一国宝，并不过分。

东大殿是佛光寺正殿，从殿内望远山，一片青黛，云雾缭绕。殿檐探出有四米之远，这在宋以后的建筑中再也没有，目前是唯一的。

我一直想象“宁公遇”是怎样一个女子，出资建了它。坛上有释迦牟尼佛、弥勒佛、阿弥陀佛、普贤菩萨、文殊菩萨……宁公遇在小小角落中，目光温柔、仁慈。

我久久地看着她，看着她……忽然落下热泪来，而殿内慈善的菩萨、威武的天王见证了这一刻，我遇见了前世的故人。

这一刻，是千年。

我遇到了宁公遇。

我听到姜老师因激动和紧张发出的喘息声，他在看唐代的壁画——在雕塑后面。

松涛阵阵，天色已暮。姜老师从殿后出来，扑通跪下，磕了三个响头。

我与芳跪于殿前蒲团上，久久不起——这千年古寺袭击了我们，我们愿意在时光之河逆流而上，然后沉溺于唐代，不醒来。

感谢姜老师、芳，同类的人相行，是灵魂最有质感最高级的相遇。不发一言，已是千年。我们沉默，我们相拥。我们在暮色四合中看着佛光寺眼含热泪。

所长唤我们去吃晚饭，素菜一桌。所长拿出一瓶五台山白酒，芳说：喝。小林徽因也说：喝。于是喝酒。在佛光寺的月光下喝酒，一杯又一杯。

星光升上来。芳微醉，坐在廊下泡茶，省池弹吉他，天下起了雨，蝴蝶和蛾子在灯下飞，一只只落在我身上、肩上，它们是穿过千年的风而来。

已近午夜，没有困意。千年古寺灵气逼人，有了禅意和说不清的种种思绪。

我们不肯睡。风声雨声松涛声，舍不得睡去。远远的，还有钟声，是有缘人的钟声。

决定去东大殿前痴坐。

细雨中拾级而上，在夜半雨中绕殿而行，雨中的佛光寺散出了幽光，午夜的光线有一丝恐惧和难以言说的神秘。群山在万籁俱寂中一默如吟，佛光寺似千年沉睡的老人，沧桑里全是空灵。

那两棵唐朝老松也仿佛入定，等待我们雨中的相会。

省池为我们拍照，我把芳的披肩当了裙子裹上，一点一滴数光阴。

三个人的佛光寺是刹那的永恒，此时的大殿，便是地久天长。

那夜一直舍不得，山里又清冷，数着雨声涛声到天明。

芳四点多又起来，唤我再去看早晨的佛光寺。雨下得稍微有些大。我们便撑了伞去，芳说此生有一个晚上可以住在千年古寺真是福报。我说：是呢，还能看到五点的佛光寺。美到不敢言语，怕惊动了谁似的。这是时光给予的福报。

雨落在松针上，晶莹剔透，一如千年前，没有改变。我与芳，雨中漫步、轻吟，在大殿周围转了一圈又一圈，只有我们两个人——仿佛此刻便是唐朝，便是地久天长。

依依不舍离开佛光寺时许了愿——愿他日乘愿再来：期岁之间一再来，青山无恙画屏开；出门依旧黄尘道，啼杀青衣唤不回。

回望山门，佛光寺三个大字在砖红的影壁上，古松挺拔苍劲，我在心里挥了挥手，和亲爱的佛光寺说了再见——我最难忘的是与宁公遇对视的三分钟，我穿越到了唐朝，那一刻，是永恒。

与姜老师分别的时候也到了——他不陪我们去大同了，在忻州吃过地道家乡菜，告别。

天下着雨，芳拥抱姜老师，我也过去。泪水先崩了出来：姜老师，等我们再来。

“你记得至少要活到八十岁，我们拉过钩。”

他微笑着站在雨中，乐呵呵像菩萨：“我都记得呢，都记得。”

大同

大同是我们旅行的最后一站，芳的家乡。

芳生于大同，长于大同，27 岁时离开故乡，先随东旺去了天津美院，又去了清华美院，去了 20 年，但大同是她骨子里的 DNA，一直开在心的最里面。她每每提起大同就有不自知的亢奋和浓度，是深情的，是念念不忘的。芳的一双儿女都生于大同，芳的亲人也全在大同——大同是她灵魂里的根，就像霸州是我的根、我的魂。

大同的天是蓝的，像一个人的眼睛。大同人叫它大同蓝。我和芳走在老街上，看着断壁残垣，感慨万千——大同五年内发生了翻天覆地的变化，城墙上吹来北魏的风，大同人口口声声传颂一个人的名字——当一个人和一座城再也不能分开时，就叫彪炳青史。

善化寺门口，不同于我们看过的任何一个寺庙。门口聚集了很多大同人，多是中老年男人在那聊天。芳说：这是大同的新闻发布中心，大同的事在这都能知道。

善化寺是皇家寺院，辽建筑，壮阔开朗，大气极了。虽少了禅意，但有了人和树木就有了人世间的亲近。辽与北宋，大概是最早的一国两制，辽有野气，连雕像、寺庙、壁画都壮阔，有气吞山河的气魄。

正是黄昏，寺庙的屋檐挂着铃铛，生动地响着，穿过大同的蓝天，像欢迎芳回家。

晚上芳的朋友请我们吃云南菜，云南菜没记住，倒是墙上的一幅字吸引了我：荷樵听琴。古风盎然的魏碑，落款是杜鹃。我正暗自赞叹这一幅有魏风的好字。芳在我身后说：这是我的老师杜鹃所书。

几天之后就见到了杜鹃老师，在她的魏风堂，真是天意。我回家后，杜老师寄了字帖和毛笔来，我决心好好写魏碑，一个女子写魏碑，就如女子唱老生一般，杜老师鼓励着我："你看过去的作家全是一手的好书法，你有灵性，我信你会惊了世人，到时候用魏碑写你的文章，自是惊世！"杜老师像壮阔的北魏男子，连说话也铿锵，简直就如她写的魏碑，妙极。

夜宿"琵琶老店"，离城墙几步路，夜晚的大同有些清凉，我似到了北魏，在一派雄浑中感受那波澜壮阔。

芳继续回忆她小时候在哪儿上学，在哪儿玩耍，一派深情厚谊。那深情，大同的一砖一瓦都知道。

7 月 27 日，大同，24 摄氏度，早餐吃了三碗牛杂汤，放了极多辣椒——琵琶老店的羊杂汤真香。

7 点去了华严寺——在这之前，芳一直和我说华严寺的露齿菩萨，

“美得呀，你都无法想象。”她说。

华严寺分为上下华严寺，依然保持了皇家寺院的壮阔和磅礴。辽代的建筑，金代的雕像，清代的壁画，大气韵。几百只燕子在空中飞着，它们叫着飞进大殿，又飞出来。

那些燕子好像从北魏穿越而来，带着风带着响，带着果敢和勇猛。有时候，我觉得芳就是那其中一只燕子，燕燕于飞，她一直飞啊飞，飞啊飞。

清代壁画鲜艳了许多。近十米高的大墙全是壁画——我和芳在幽暗的光影中走着，耳边响起佛经的音乐，有一刻，我分不清来自何方又到何处去。那光影那壁画影影绰绰的光阴罩住了我，我不想动弹，也动弹不得。这是在雄伟大气的华严寺，燕子在我耳边呢喃。

孤独是有香气的，灵魂是有重量的——宗教的力量像是说不出的光亮，就那样照耀着我们的灵魂。

那一刻，没天没地。

那一刻，我们站成了千秋万代。

露齿菩萨在下华严寺。殿内塑像没有被修缮过，灰尘尘的一片——所有塑像全旧了老了，在灰尘中却自有威严与光亮。那露齿菩萨笑得干净无邪又明亮，好像怀着多么美的期待。她明知世事艰难仍然微笑，并且保持最初的心，而且有一种大的包容和姿态——女人怎么能露齿呢？菩萨也不行啊。真是震撼得让人悲欣交集。那微笑是一个标杆一个尺度，无论经历多少荣耀，她亦谦卑地笑着。你知道菩萨为什么低眉，她也有很多不得已。很多经书告诉我们，自渡才是最好到彼岸的途径。

我看了露齿菩萨很久。

中午看了北朝博物馆，一个民营的博物馆，馆藏丰富。尤喜里面收藏的魏碑。魏碑上承汉隶下启唐楷，有一股野气和硬气。我认识的胡立民先生和杜鹃老师写得好。写魏碑的人风骨里是硬的，有鲜卑的蛮荒之气，从大同回来，我开始习魏碑，拜了杜鹃老师为师，我骨子里应该是属于魏碑的。

到黑夜想你没办法

很多年很多年以前，那时候 M 还没有结婚，我们整夜整夜地说话。

有一天她采访曹乃谦回来说：我们去大同吧，大同有个作家叫曹乃谦，唱山西民歌唱得可好了，我们去听他唱歌吧。

说起来快十年了。我们没有去成，那时还没有网络购票，没有 12306。M 去火车票代售点问有大同的票没有，结果没有，最后我们去了铁岭，去看二人转。

但，我知道这世上有个好作家叫曹乃谦，他会唱民歌，他在大同。

我把心愿告诉了芳，芳说，我找朋友联系曹老师。

7 月 27 日下午 3 点，我们去一个半新不旧的小区拜访老作家曹乃谦老师，这个一直用方言写作的作家，被王安忆称为：乡情郁郁而古风淳淳。

《到黑夜想你没办法》，莜面味儿的小说，马悦然称他为“天才的作家”。

没有电梯的楼房，楼道贴满小广告，曹老师住顶楼六楼。我们刚到五楼，一抬头，看到一对笑盈盈的老夫妻站在六楼门口等我们。

年近古稀的曹老师，唤我：“小禅。”知道我们要来访，曹老师把茶杯茶碗都刷干净了，哆哆嗦嗦地泡菊花茶。

老伴说：“今年春天又栓住了，这是第四次了。”曹老师说：“可栓哪儿也栓不住心，还一直写一直写。现在的事一件也记不住，刚看完天气预报转身就忘，但过去的事咋就像一锥子扎在心里一样，一丝丝都忘不掉。小禅你能听懂应县话吗？我就说不了那个普通话，一说就不会讲话了，我这辈子就说个应县话，写作也是。”

“方言好呢，方言有力量，您用应县话写的小说和散文，生动哩，您根本栓不住，您的心里住着无数匹小野马，要奔腾出来呢。”

他就笑，孩子一样天真。

他叫自己老伴“四女”，“四女，这个小禅会写东西哩，用的那个句子呦，真真儿好，我写不出来。”

“我写得不如您好，您才活生生哩。”曹老师带我看他书房，指着书架：“我一个乡巴佬，专爱看些洋书，洋气书好看。”果然，一排排全是外国作家的书，国外的小众作家。

阁楼上有下围棋的地方，“来，来，小禅咱下个围棋。”

我几乎不会，他摆子教我如何围，家里的绿萝爬得到处都是，他年轻时的照片英俊逼人，现在仍然是个帅老头，两只大眼睛分外有神。

看得出来，省池、省江也分外喜欢老人，支着个下巴听他说故事——曹乃谦是一个叫换梅的女子偷来的，换梅本是他家邻居，自己不生养，天天抱着招人的他，动了心思。有一天借了人家毛驴，把人藏在毛驴底下就偷走了，这个换梅就是曹乃谦笔下的娘，写了一辈子也写不完的娘。

“我栓住了唱不了那动人的歌了，但还有别的才艺表演给你，我给你吹口琴吹箫吧。大夫说你得拄拐杖啦，你的腿脚不灵便啦，我就买了箫，平时当拐杖，当完拐杖就吹起来。”

他吹口琴的样子又可爱又认真，简直像个孩子。那天他穿了一件海军衫的 T 恤，他的老伴四女说：“听说你们来特意换上的。”

他的箫声也好，吹了《兰花花》，又吹了个国外曲子，省池在他的箫声中，唱了甄嬛传《菩萨蛮 · 小山重叠金明灭》中的插曲，省江也唱了《凤凰于飞》，三个人站在那里又吹又唱，动人极了的画面。

我看得心里一跳一跳，主动提出给曹老师唱戏，我唱了《锁麟囊》，又鼓动芳唱了昆曲《牡丹亭》。

临别时，曹老师送了他的书：《流水四韵》《伺母日记》《同声四调》，一笔一画写上我的名字，又钤上印，郑重交给我。

他执意送我们下楼，腿脚不便，一步步走下六楼，我们走出好远，他仍然站在原地，挥着手，挥着手。

云冈石窟

好像全世界都晓得有个云冈石窟，好像大同就等于云冈石窟，好像就为了个云冈石窟来了山西。

去云冈之前见到了芳的父母。小院儿，慈祥的父母。门上是老父亲自己写得春联：雨兆东晓福满门，梅映芳阳禄自多，横批：合家欢乐。

一家人喜气洋洋等我，设了家宴。院子中的苹果树挂了果。芳的母亲拉着我的手，让我随时来大同，大同就是个家。我问起当年芳和东旺的婚事，老人说："也是个不同意，但到底孩子大了，就随她了。"一片宅心仁厚。

老父亲退休之后写书，送了我自己写的书《知与行》《行与知》，郑重写上名字送给我，有一份人世间最大的隆重。

抵达云冈石窟时是黄昏，光线把云冈打成了镀金的佛。我一直无法想象1500年前的场景，有多少人在此雕塑佛像？耗时64年，几代人在此造石窟。1500年过去，裸露在外面的雕塑几乎全部风化掉了，连痕迹都成了线条——但我能想象佛像当年那壮阔神秘的微笑，甚至，我被风化后只剩稍许线条的雕像迷住了。

迷人啊时光，残食啊时光。你这暴君，把本以为会千秋万代的石雕吹刮得没了痕迹。空留千年一叹，千年一叹！

谁都是时光的过客，终是一梦。光阴是所有人的敌人——不要说你的辉煌、脆弱、生死、荣耀、难堪。在1500年前的石窟面前，我一语不发。

石窟内则气象万千，主要的45个洞窟中，雕刻的是北魏的气度、胸怀、开阔，五万多尊塑像，形态各异，最大的高17米，最小的仅2厘米。

石窟中，那些融合了外来文化的雕塑一派开阔之气，她们丰满大气、细腰肥臀、载歌载舞、神采飞扬。手中有几十种乐器，或击鼓或敲钟，或琵琶或短笛……

波斯人的着装与特征比比皆是——那是怎样一个开阔的北魏：大融合大发展大开放，以最壮阔的姿态向世界开放。北魏为走向盛唐做了隆重的铺垫，而历史终究记得一个叫孝文帝的人。

早期昙曜五窟气势磅礴，看得出是倾国家之力所修。晚期人物形象清瘦俊美，是北魏迁都洛阳后所修。

高13.75米的露天释迦坐佛是云冈石窟标志。我在它面前一次次地徘徊。不敢高声语，不敢说自己的心思——如何让我遇见你，为此我已在佛前求了五百年。

暮色中，我看见了1500年前的黄昏，我看见自己从北魏的平城（今大同）走在暮色中，走到释迦雕像前深深地跪下。

应县木塔

应县木塔是一个传奇。塔高 23 楼那么高，67.31 米，纯木结构，没有一颗钉子，世界最高的木塔。一个女人所建，（辽）萧太后所建，已近千年。

我一直想象着萧太后是怎样一个女人？在木塔二楼三楼四楼都有菩萨雕像，有几个是女子——目光坚定，如炬，面露镇定微笑，好像没什么可以畏惧。这个小字“燕燕”的女子，其实是政治家、军事家、改革家。在戏曲中，是杨家将的“敌方”，与宋朝达成“澶渊之盟”的人。想当年金戈铁马，是冲锋陷阵在前面的女人，北方的女人硬气帅朗。芳说：她是应县人，应县女人都有主意，也有统率本事。

芳的母亲也是应县人，芳说：是家里的主心骨，是个非常有主意的人。芳也是，皮儿里是优雅柔韧，骨子里是坚强飒爽——她偶尔一笑，像调皮的小男生。

木塔内是触目惊心的鸽子和鸽子粪。倾斜的木塔有了裂缝，连窗户都斜了，鸽子从窗口扑啦啦地飞进来，木地板上全是粪便。

从窗口远眺过去，是应县的县城——木塔见证过这块土地的悲欢。一千年来，太阳还是那个太阳，于木塔来说是一瞬。

1926 年，冯玉祥军队向山西发展，遭到阎锡山死命抵抗，此次战争，木塔中弹 200 余发，受重创。

1948 年解放应县，守城的国民党军队以木塔为制高点发射机枪炮弹，木塔被 12 发炮弹击中。

然而，不倒，仿佛有如神护——在战争面前，所有文物脆弱不堪，沦为牺牲品分分秒秒。

芳说，当时用的木头大概用了 2000 辆卡车，现在想维修，但世界上无人敢接单——伟大的工程有时是神的旨意。

我和同行的小林徽因说："修塔的任务交给你了。"

她笑："这个单接不了。"

在塔上待了很久。遇见天津大学建筑系的教授在测绘，天气炎热，塔内却清凉。塔内供奉的舍利是释迦牟尼灵牙遗骨，舍利如琉璃，且不断生长，是解释不了的传奇。

塔内匾额 54 块，还有辽代木板印刷本——但佛像肚子全在文革中被砸破，革命小将掏走了里面的经书和珍宝。传说木塔有逼火珠，不会遭雷击，炮弹打过几百发也会瞬间熄灭。

当地老百姓说：是座神塔。

回望应县木塔，心中默念祈福，愿光阴和神都保佑它，再立千万年。

此行，是山西纪行最后一站，与芳和两个孩子吃了一个应县滴溜凉粉，五块一碗，透过窗户，拍下这碗凉粉和木塔。

只觉这半月才开始又结束，好时光大概是这样，千年一瞬。

我不过是山西的故人，回来寻了旧知己、那寺、那庙、那佛像、那壁画、那塔原是上辈子见过的，见了只想好好亲近，泪水都是烫的、热烈的、带相思的。这一程，千里万里路。我必至死不忘。

此生，念念。

回家后我一直恍惚，仿佛人还在山西。每夜梦中，全是寺庙、雕像。特别是雕像，他们旋转着扑向我——那随便握一把泥土便是五千年中华文化的晋东南，那里始终被称为中华文明的古脉。

尧舜在上，黄河滔滔，每一声叹息里，都是古风扑面，炎黄子孙在这里丰茂地繁衍，这里还是明清戏曲的集散地，中国最老的六座古戏台几乎全在这里，元杂剧的诞生地……而我，失了灵魂，丢了魂儿一样茫然地坐在禅园中发呆。

如何能平息内心对表里山河的风暴，在灿烂骄阳的七月持续回忆山西。灼灼其华，山河不能忘，低头的瞬间，看到泪水落在发烫的稿纸上。想尽量保持对山西的书写，竟然不能。

过了有十多天，忽然特别特别想说山西。于是给素莲发微信：从山西回来后，一句话也不想说，就想这么想念下去——从来没有过的，像爱上一个人，颠三倒四，像动了真情，像一只飞蛾要扑向火。

她说：我懂。

但她又问：山西有什么？老陈醋？煤？

我几乎要生她的气。一直以为她是知己，说出这样浅薄的话来。但转瞬又不怪她，在去山西之前，我对山西的理解又何尝不是如此？

那个晚上，我说了几个小时山西。滔滔不绝，像谈自己的恋人，像说一个久违的知己。

几乎是我一个人在疯狂地倾诉。她一直沉默，后来插了一句：“你去了那么多寺庙，是否前世是僧人？”

又说，“小禅，在我们年少的时候是害怕寺庙的，仿佛与我们没有关系，可现在我们喜欢寺庙，想去那里找一份安宁和平静，我们是老了还是成长了。”

“是我前世。”我说。

素莲又说：“小禅，你应该把那些寺庙的树叶带回一片来安放，看到那片树叶，会想起那些寺庙的气息。”

我告诉她，我把山西带了回来，放在心窝了，从此不再抱愧山西，而是每年都要去。

山西卫视的微博说：“雪小禅老师在做《人说山西好风光》第一季评审嘉宾时，曾说过在她心中住着天高地厚的山西，来日久长。她一定会来用真心和双脚，一寸寸丈量山西的表里山河。这一次雪姑娘回山西啦！”

看完这条微博，心热。谢谢山西卫视用了这个“回”字，是以等我回家的姿态等待一个故人。

是夜，我再次梦到山西，梦见前世。

梦见前世是一个穿灰色长衫的僧人，站在龙门寺的白皮松下听风，看远山。

我一回头，看到山门打开，看见那些雕像都活了过来。

我走进山门，微笑。

长安陌上无穷树

* *

每次去西安，还是会心动。西安像一张老拓片，拓出了13朝的老光阴，每道痕迹都动人，而且透出一股腐朽迷人的味道，有些颓有些苍绿，可是恰恰好。

我宁可叫它长安。长安的颜色是深灰色的，是文人骨子里的陌上清愁，一展苍，便是惊艳。

爱听陕西人说话，朴素、诚恳，有点倔，但透着亲。

“来，你把这碗茶一喝。”

“一”字用得好啊——人生可不就是一吃一喝。

长安有故人啊。“向长安，对灯秋，几人老”。“秋风吹渭水，落叶满长安时，我来到长安”。

西安理工的陈师傅陪我去城墙。我在城墙上散步吹风，初冬的风不冷，城墙下有人唱秦腔，有人打牌。书院门有摆地摊卖假古玩的，碑林中散发千年墨香。我在城墙的落日中发呆，不发一言已是千言。

西安的城墙就是中国最好的碑帖。是京剧中反二黄的那段，色败萎灰，一份枯墨，是浅绛山水中的深沉远意。每次来西安都要来城墙上发会呆，有时会在城墙上骑自行车，绕几圈。这次腰不行，没骑。

夜色中在大雁塔徘徊，有穿宽袍的女子飘过。我以为是在盛唐——暗闻歌吹声，知是长安路。旁边有天下第一面，一根面条三米长，要了一碗吃下去——陕西的面真筋道，骨子里的柔韧。

尤爱吃陕西锅盔，夹上绿辣子，再油泼一碗辣子，香啊。

在口味上，我偏爱陕菜——陕菜像憨厚的陕西人，又实在又朴素又动人。

我在腾冲左右客酒店吃到西安锅盔时满是惊喜。左右客是西安人开的，店长也是西安人，家乡的味道徘徊在舌尖上。

晚上吃了两个肉夹馍，我不知道为什么外地的肉夹馍不如西安的好吃？想了想，是因为西安的水、西安的空气。

住在了左右客的老钢厂店，常年在外旅行或出差，住过很多酒店，左右客是很走心的酒店，气质和审美与我贴心贴肺。与创始人李建森先生吃茶，他说就是要回归，要反现代，反一切流行的东西。泥墙、铁门、抽象的画、修旧如旧、水泥地面。床上又如此舒适。

他亦喜欢戏曲，山西人，唱起蒲剧来。说到动情处，给我看老伶人

**

这里的风物古风荡荡，我仿佛觉得自己来过很多次，其实是第一次。我是潮汕的故人，相互认出彼此，刹那归去来辞。

的蒲剧《三娘教子》，他有中年男子的深情与大气。

次日，西北农林的高媛老师来接我。三年前樱花开的时候来的西北农林，五千人的讲座现场被点燃。那时慧还没结婚生子，陪着我在樱花树下笑。高媛老师一如三年前，爽朗明媚大气，说起婚姻时一脸茫然。

她说："雪老师，还有五千个孩子在等你。"她又指着樱花路："这是你三年前走过的樱花路呢。"我差点掉眼泪。

陪我来的还有爱云。爱云是秦腔四大名旦之一，参加《伶人王中王》大赛。我是评委，她是参赛伶人。两个人台下没有任何交集，微信电话都没有，我却被她袭击、打动。

她演李慧娘时有五分钟的"慢卧鱼"，没有唱，慢慢起来，又慢慢卧下，把一个女子的悲哀全演出来了，我鼓掌到手麻。

《打神告庙》时简直疯了，一个失去爱情的女子，疯了绝望了，她用水袖演了个天崩地裂。我评论时甚至失了态：我被袭击到了，我的心脏疼，我不信现场的观众心脏不疼。那一场，她得了最高分——但我们那时一句话也没说过，她也不像某些演员似的和我打招呼。

爱云的美是低调朴素的，且不自知，一笑俩酒窝。自己倾国倾城却又不知道，高高的个子站在夕阳下，似春归。得知我在西安大学有几场讲座，她说，我跟你。几场水袖下来，惊艳学子们的心——很多孩子因为她爱上秦腔。

她后来带我游车河，西安的夜有一种鬼魅，像古时长安，在夜色阑珊中游钟楼、城墙、大雁塔。

过钟楼饭店时想起朋友说：一定请你来钟楼饭店住。至今没去过。我与爱云话并不多，但惺惺相惜，一见是故人。两个人个子都高，又都凛凛，自然多了几分心性的亲近。

她是江湖万里水云阔的人。

“以后你来西安我去接你，你走时我去送你，包一辈子的肉夹馍。”这是我和爱云的深情。

当晚五千人的沸腾得让我落泪。他们叫我“雪姑娘姐姐。”又扑到我微博上喊我。

散场时孩子们在黑夜中不停挥着手，我们约了三年后再见。在车上看着杨凌的夜色，一片感慨，亦相信文字是有光芒的，可以渡己渡人渡心。

次日西安理工大学。爱云一身红衣我一身绿旗袍，水绿色。有读者在我微博留言：我是三年前和你对唱《武家坡》的男生，你还记得吗？还有人说：三年前你给我签在白衬衫上的名字，至今没洗……我又见到那个对唱的男生，他已工作。从咸阳赶过来。彼此感慨万千。

三年过去，陈梅老师生了二胎，脸圆润了很多。她说孩子们都想我呢。我也想孩子们。大学有一种年轻向上又性感的气场，让我贪婪地热爱。我想应到老保留这份孩子气。

次日，与朋友到“素心茶馆”喝茶吃素斋，在小寨。

饺子是素馅儿，有长安味，蘸了辣子和醋。我穿了灰色旗袍，别了一只蜻蜓。她穿了黄色的 T 恤灰色裤子。

* *

回到北方很久后，我还以为在潮汕。每天在梦中，吃了肠粉，坐在木棉树下喝功夫茶，听着潮剧，慢慢睡着了。

两个人在阳光下走着，仿佛地老天荒。有时候一个刹那就是一生。

我分外喜欢西安的老城，电线交错，人潮汹涌，老树遍地。

荆先生带我去陈炉古镇，在铜川。陪同的还有孙老师、杨老师、小梁。陈炉古镇是耀州窑所在地，到处是坛坛罐罐的气场，淘了很多盘子碗，极朴素。

古镇有说不出的古老气场，像一片汉瓦，没有耀眼光芒，却十分诱人。中午，五个人在小店吃饭，冬日暖阳晒过来，锅盔和回锅肉都好吃，还有面皮。长安的阳光也好，浑厚温暖。小路和围墙都是废弃陶器和瓷器砌成的，古朴盎然。我欢喜这个古镇。

在西安的每一天，仿佛鎏金一样的珍贵。每个人待我如亲人。仿佛我们是十年前的故人，最忆是长安。

爱云的老师是马蓝鱼老师，八十岁的老伶人。马蓝鱼，多么美妙神秘的名字，有的时候，一个人的名字就是天意、定数、人生。爱云说，“我带你去看马老师。”她知道我喜欢老伶人。

我提了水果去看老人，老人一早就准备做菠菜面给我吃。陕西省文化厅老宿舍楼区一棵五层高的松树钻入天空，满地落叶迎接我。马老师拥抱我：个子这么高。

马老师个子不高，亦不像八十岁的人。桌上一张黑白照片惊心，是马老师和尚小云的合影。尚先生那时真玉树临风啊。18岁的马老师站在先生身边，又羞涩又干净。我看了照片好久。

马老师提起尚先生：“人好，又倔，四大名旦就他傻，发配到西安了吧？西安谁听京戏？都听秦腔。我 18 岁拜了他，文革两个人都挨整。有一次我去看他，他头发白了好多，眼神也无力，看到我去了，抓住我的手就哭了……"

她述说着，眼里有泪。故人忆故人，那样的伶人再也没有了，她又转过身说爱云：得好好排戏，好年华啊。

她永远当爱云是孩子，嫌她不用功。爱云说："我也 48 岁了啊，老师。"

我就在旁侧笑。我表扬爱云的戏好，又说起李慧娘那个软卧鱼，她兴奋起来，为我表演《鬼怨》一折中的梅扇，又唱了《白蛇传》……我忍着眼泪，想扑到她怀里哭。这些老伶人身上，有难以说出的况味。

菠菜面好吃极了。外面簌簌落叶纷飞，暖气不热，但心是热的。

走时，马老师一定坚持送到大门外，紧紧拉着我的手：明春还来啊，一定来，我给你包饺子吃，姑娘。

明春一定来，陪爱云去乡下唱秦腔，然后吃马老师包的饺子。

晚上西安交大讲座，杨老师夸我《春闺梦》唱得好，我用心唱给她听。学生们高喊爱我时，我把鲜花扔了全场——春风少年的样子，那双球鞋我穿了几个月了，一直穿着。

那晚我穿了藏蓝色旗袍，戴上一束毛线编的花。有人送了我蓝色妖姬，我把它们带回了家。

从西安回来好久，我还以为在西安。从碑林买了几张拓片，泡茶时闲看，想起白居易的《长安道》："君不见外州客，长安道，一回来，一回老。"

西望长安，我有故人矣。

潮汕记

*

*

有一次，一个朋友问我："如果全世界让你选择一个城市定居，你选哪里？"我说："京都。"她又问："中国呢？"我说："潮汕。"

也说不出为什么，也不知道具体原因，就那样轻易答了潮汕。那是离北方极远的一个城市，但有说不清的魔力——像爱一个人没有头绪没有理由，以为不爱她但夜夜全是她，每个缝隙里全是她。

我第一次来潮汕，但不觉得隔阂，只觉得来过很多次了，以至于有些恍惚。仿佛是在这里住了很久的人，亦像是宋朝失落的亲人，因了战乱逃到南国，隐姓埋名到今朝。那风物竟然熟悉到可以热泪盈眶，居然是心里面最里面的旧相识。

我和家和认识约略三年。她的名字真好听，家和，我常默念这个名字。看她发的潮汕老宅图片，花朵、猫、狗、老人、老树、坛坛罐罐……每每就有了买张机票飞去的冲动，但我忍了三年。亦不知为什么忍得住这样的诱惑。徽州、婺源、江南小镇每年都去，只是一直没去最想去的潮汕，因为觉得它太合自己的口味——那样浓情的一个地方，我相信会一见如故。

家和隔一段时间便寄来一些我喜欢的旧物——潮汕的点心模子，旧的竹花碗，用过的腌菜坛子。她从来用文字与我交流，三年并未语言过，我当她是我在潮汕的他乡知己。

见过一张她拍的荷塘，飞鸟、荷花、老房子、旧宅前的猫。她说：小禅，你来了，我们在这里喝老茶。

这句话我记了三年，慢慢生了根。丁酉年正月，想去潮汕过元宵，订了机票就走了。我告诉家和要来潮汕了，“她”忽然开了口，是男声。家和居然是男人，我自以为他是女人好多年。

网上订了载阳客栈，揭阳机场下车，北国的羽绒服立刻换成了春衫。客栈在巷子里，一座老宅改成的。影壁上画了孤杉，条案上摆着橘子。（广东人家家户户摆橘子，意为大吉大利）空气中潮湿的味道，还有说不清的味道。

已是临近黄昏，家和出现在客栈。中年男子，戴黑边眼镜，灰色禁欲系衬衣。我们开始去小巷中游荡。潮汕三轮车真多啊，铺天盖地，刹那间恍如在越南街头，老树遍地。

街头到处是卖潮州三宝的人，老药桔、老香橼、黄皮鼓。老香橼又称老香黄和佛手果，是佛手经中药秘泡而成，乌黑发亮的色泽，浓厚的佛手香，据说舒肝气，治胃病。买了一罐回来，每次喝都想起潮汕来。

街上有好看的小庙。庙里木雕、古画、好看的嵌瓷，尤以嵌瓷最美，五颜六色的瓷器嵌在屋廊上，房檐上，又艳丽，又脱俗，妙极。我总是在那繁复的嵌瓷屋廊上注目很久。南方的细腻不仅体现在老香黄上，还体现在木雕、砖雕、嵌瓷上。

路边有卖卤鹅肉的人，小摊，支着一盏昏黄的灯。家和说这家小摊从他小时候就有，有 30 年了。买了一盒卤鹅肉，边走边吃，又看到路边的“八尺娘酒”，觉得这个名字迷人。坐在路边讨了喝，甜且辣。

小茶盘红红的，里面是喜字。八尺娘酒放在喜字上，我端起放下喝了三杯。胸中有了潮汕意味，便坐下听家和与他们说潮汕话。

潮汕话与粤语和客家话又不同，酒家的电视正放潮剧，有一种无法诉说的哀怨之气，是《四郎探母》，仿佛南宋过来的遗民们永远忘不了的中原。

南方的剧种无论梨园戏、潮剧、南音、粤剧都有挥之不去的软湿哀伤，也说不清楚哪里让人动容，听着心里就会浮起一坨哀伤来，糅合着南方特有气息，更叫人欲罢不能。

天黑下来，旧宅门前挂着红灯笼，尤喜潮汕人家宅子前挂着的竹编灯笼。有的上面写着自己姓氏，有的涂成红色，在夜色中像狐狸眼睛，妖媚极了。

一转就到了牌坊街，牌坊是新的，少了些味道，但因为一排又一排，便又有了气势。坐在百年老店胡荣泉吃小吃，简直是不知道要吃些什么好。鼠壳粿、春饼、笋粿、鸭母捻、云吞饺、蚝烙、牛肉丸、沙茶粿……粿这个字在潮汕闪着异样的光芒，没有哪个地区几乎把食物全叫粿。

那做粿子的模子也好看。木制，生动的图案，因为用久了有了柔润的包浆。我收藏了几个，用来做了茶托。

在潮汕的一周我吃了各种各样的粿，它们生动地活跃在我的胃里，

DNA 里，至今忘不了。这个名字有着特别的光泽，它只属于潮汕。

这里的风物古风荡荡，我仿佛觉得自己来过很多次，其实是第一次。我是潮汕的故人，相互认出彼此，刹那归去来辞。

身为北方人，长着南方人的味蕾，每到南方都激荡起无数前世的记忆。一边深情，一边忘情。而身边正宗的潮汕人家和，是不需多言的好向导，仿佛多年故交，总能把我带到潮汕最好吃的地方去。

其实最终是被他发的一张图片打动。是一个门庭，也挂着红灯笼，红灯笼上写着“谢”，两边画着花鸟牡丹，老榆木的门，在中间写着三个字“凹天井”。被这个绝色的天井吸引。家和在深夜带我去看，两个人前后走着，有风，20 摄氏度的天气，春风沉醉。没出正月，空气中有鞭炮的味道。

终于看到，心跳，我就是为它而来。和图片上一模一样。我在红灯笼下伫立了很久，然后给北方的朋友说：我终于来看这个凹天井了。

他说：你是一只鸟儿，一生都会在天上飞，这是你。

潮汕的夜空有星辰，家和的烟抽得凶，一根接着一根。很少说话，亦没有问他家庭、职业，不需打探这些琐事。我们都喜欢这些风物，够了。

次日，他早早来找我，去逛牌坊街。我被那些竹筐迷倒，手编竹筐，写了喜字，或画了鲤鱼，古意盎然。有的上面还画了小鸟、荷花，有的还画了童男童女。对于太美好的事物，我有一种惶恐，有时居然不是想占有，而是想放弃——我明明知道自己欲罢不能啊。

看小摊上潮汕人做葱油饼，以面粉为主，加入葱花，煎至两面金黄，用铲子切成一块一块的，看得让人难过——回到北方再也吃不到了。还有糖葱薄饼——饼是长条状，中间有许多通孔，大概十六个左右的孔。颜色雪白，所以叫糖葱。

薄饼皮在炉子上烙热，很薄的一层，撒上芝麻卷起来，香得魂儿都没了。还有那手工的牛肉丸，Q 得可以弹很高。五块钱 3 个，一串。

潮汕的小点心太多，以至于走到半路就会撑着了，椒盐饼、绿豆饼、芋泥饼、豆枋酥、花生糖、芝麻酥、豆棒、猪油糖……五块钱买了一个拨浪鼓，在牌坊街的巷子里叮叮咚咚地响着。哦，还有咸水果，牛杂，糖画，甜汤。

巷子深处有一家开了 30 年的老店。家和要了牛杂汤，用红枣、枸杞、熟地煮上一夜，坐在小店中边吃边看风物，已经吃不下了，仍然艰难地想吞下那些美食。

潮汕三轮车真多啊，随便坐上一辆，在春风里游走，边走边游。看到老中医便跑下来号脉，中药柜子是淡淡绿色，他说祖上是御医出身，号完脉说我肾虚。肾虚的我又坐上三轮车疯跑。

到处写着“办外甥”和“出花园”，外甥十五岁，娘家舅要操办礼物，用七样东西拜祭天地。男孩儿穿外婆买的红鞋子、红衣服，穿上红肚兜，坐在红色长凳上，在家里得一天不出门，接受长辈的压岁钱。

这一天是他的成人礼，这一天他虚岁 15 岁，而女孩儿叫“出花园”。

满大街的红，这样隆重的 15 岁啊。我 15 岁的时候在干什么？那一

* *

我手里的长牌向光阴深处不停探寻，我内心深处的青苔啊，你根本猜不透看不透——真正迷人的人从来都像孩童一样天真迷人，又像老人一样让人猜不透。

天，我吃了什么？穿了什么？没有人给我办过成人礼，甚至，家人忘记我生日——家里人也从来不过生日，每个日子都是似水流年。但我真期望有这样的仪式感。

中午在深深的巷子中吃小吃，猪肠胀米粉，蚝烙，菜头丸，肠粉。潮州的肠粉真好吃，又糯又滑又嫩，从来没吃过那么好吃的肠粉。迷死人的味蕾。

家和执意带我去一个荒废的古村，于是坐上车去。

对于荒废的事物，我有着极度的好感，亦说不清为什么。盛大隆重的人和事从来不构成吸引。

有人拉开柜子，一柜子的奢侈品、包包，并不心动，甚至觉得略微反感。对于城市中的老人、老树、旧宅、花朵、坛子、罐子、小吃、风物、日常，对于平淡的深情更为动情。毫无疑问，潮汕是这样有味道的城市。有老人、老树、旧宅、花朵，多年形成的风物。

在去古村的路上剪了发，25 元。古村叫肠水村，村口有几百年老树和小寺庙。废弃的屋顶上长满一种叫瓦松的花。很多的木棉树、火旺树、凤凰木，村里到处是废弃的房。房架上有雕花，很多朵莲花在黯淡的时光中绽放。

村子中剩下的多是老人，几个老妇人在“铁钉花”树下聊天，白发红花在阳光下耀眼。猫和狗走来走去，日影中到处是荒凉之味。

我和家和爬上山坡，看整个村子，在山凹之中非常动人。

村中间有一棵老榕树特别明显。家和说：“小禅，我经常一个人来这里看月亮，就一个人，坐在山坡的木棉树下，一边喝啤酒，一边看月亮。”

“就一个人吗？”我问。

“就一个人”。

我没有告诉家和，我也常一个人看月亮，在楼顶上，看到湿气打上来。每个人的孤独是一样的，所以要找频率相同的人。

我们在那个村子中游荡很久，又去急水村看村民拜神，那些高香花红柳绿，有几米高，上面还有童男童女，红色的八仙桌上有供品——橘子、粿、肉。人们在摆好的祭台前磕头，到晚上这些高香全都被点燃。

村子中有说不清的古老气息，幽静、素朴、传统，还有民间的贞亲，可惜这样的村子越来越少了。

家和执意带我去一个渡口看一个孤独的塔，刚才过韩江大桥的时候，有一个塔非常好看，家和说：我不喜欢这个塔，因为它不够荒凉和孤独。那个渡口真寂寥，不多的人在等船过河到对岸去，没有人去看一眼那个塔，那个塔真的很荒凉很孤独。

家和每周都要来看它一次，坐到黄昏。那周围的人都认识家和，不知道这个爱穿黑衬衣的男人来自何方，为什么要一下午一下午地来看一个塔。

那个塔大概是知道的，有时候人躲避人是为了躲避伤害，有人的地方就有伤害。

家和选择了山坡上的月光和渡口边的塔，我选择了坛坛罐罐，花花草草，与天地光阴相处才是最好的相处。

从出生到死亡，我们一直在和时间消耗，如何消耗得美好是件不容易的事情。家和有家和的方式，我有我的方式，但都别具一格。

我们坐到黄昏，又去渡口对面人家闲聊，一个老妇人正在做粉红色的粿。那粿印漂亮极了，是桃子形状，木刻的红漆印模。他们用木料刻成胚，在雕凿凹型，刻上吉祥和花草纹样。做粿的料里有米、猪肉、蘑菇、糖。女人用潮汕话与家和聊天，请我们当下来吃新出锅的粿，男人在外面蒸着饭烧着柴，花开得到处都是，这是元宵节。

一个人在南方，而我的北方正大雪纷飞。

是夜，在人潮汹涌的牌坊街看灯。人山人海中遇见几个提灯少女，她们问我来自哪里？我说："北方。下雪的北方。"我穿了一件白衬衣游走在牌坊街，很晚又坐三轮车回到酒店。三轮车夫要十块，我给了他二十。在潮汕的街头和一个异乡人说："早点回家吧，元宵节快乐啊。"

次日去汕头，在小公园游荡，看民国时期老建筑。坐下来和汕头人喝功夫茶。两个老人一边听潮剧一边喝，我参与其中。看上人家茶盘，托是老银，盘子是瓷器，上面有花鸟儿。央求人家卖给我，果然卖给我了，欢天喜地带回北方，这是在汕头最大的收获。

次日又回潮州，与家和约了在开元寺门口见面，逛那些老巷子。开元寺的玉兰花开得正好，祈福的人铺天盖地。家和依旧是黑衬衣，我穿了书林做的红色裙子。

那些巷子真迷人啊，像是等了我好久。旧宅、楹联、猫狗、坛子罐子、花朵、老树，走走停停，坐下来吃碗肠粉要份蚝烙。85岁的老人抽水烟，递给我一支："姑娘抽烟。"我便抽烟。拍了太多视频没了流量。

一座宅子中，族人们在祭祀，男人们打牌抽烟，红烛下女人幸福的脸庞。听说我没了流量，一个男人要开热点给我，另一个说："我还有4G，把号码给我，我转给你用。"陌生的热忱让人感动。

又去一个家和常常拍的院子。女人在做贡品，把红枣、腰果，一个粘得有半米高。房梁上挂着鲤鱼灯，是自己扎的。尤其喜欢那屏风，因为老旧，就更有味道。上面有松、竹、梅。我在屏风前坐了很久才去看外面的舞狮子和花灯。

在夕阳中，我最后流连忘返的是甲第巷。在我去过的巷子中，这是中国最美的巷子，门楣上有手写对联，两侧画着戏出——《白蛇传》《陈三五娘》，好看到落泪的砖雕、木雕……来回走了几次，始终舍不得离去。写不出它的美，也舍不得写，怕更多人惊扰了它。

最后一日去龙湖古寨，我打快车，家和骑了自行车。在古寨中等待正月十六最隆重的游神，这是一年之中最隆重的一天。古寨的荒废感让人心疼又欢喜，几乎少游人。这是中原的大户人家，为了躲避战乱逃到此，门庭阔朗但乱草丛生，可见昔日之繁华矣。

高潮终于到来，整个镇子的人全出来了。少年抬着"老爷"，是他们的神灵，像戏曲中的人物。少女抬着带着竹叶子的旗子，老人们穿上酱紫色的长衫，在人山人海地动山摇中"迎老爷"。

一位年过七旬的老者，在自家摆好各种贡品，蜡烛烧着，一席紫色长衫，手持三炷香"迎圣驾"。他们的圣驾，几乎每个村子都不一样，但都是自己供奉的神明。而他紫色的长衫，一年只穿一次，到他死时，这件长衫将穿在他身上，一起走。

轿子停下了，他掀开长衫，下跪。然后把三炷香插上，再下跪，奉上自家的贡品。几乎每家每户都一样，摆上贡品，以最隆重的方式“迎圣驾”。每家的门楣上也用红纸写了这三个字。在最隆重的仪式前，我有些情不自禁，几度热泪盈眶。那么盛大的仪式，是我第一次看到。发给北方的朋友看，他们说：“来年也要来潮汕过元宵节。”

回到北方很久后，我还以为在潮汕。每天在梦中，吃了肠粉，坐在木棉树下喝功夫茶，听着潮剧，慢慢睡着了。

醒来才知是梦。

我很怅然。

湘西记

*

*

“沈从文年二十岁，学生湖南凤凰县人。”这是沈从文第一次到北京时，在北京西河沿一家小客店旅客簿上的留言。

那一年，他秘密地想了四天：“好坏我总有一天得死去，多见几个新鲜日头多过几个新鲜的桥，在一些危险中使尽最后一点力气……似乎应当有意思些。”

于是他离开湘西，从湖南到汉口，从汉口到郑州，从郑州转徐州，从徐州又转天津，14 天后，提了一卷行李到了北京，那一年他 20 岁。

之后开始了跌宕、有趣、丰富、深邃、活了别人三生三世的人生。但似乎他的一生都在一个影像中跳跃，靠回忆支撑起精神的明亮，文字中永远能找到那个地方的光泽。那就是湘西，那就是凤凰。

枕边书有一本是《从文自传》，快翻烂了。总感觉里面有个灵魂在召唤我。

我时常与他对话，看他如何调皮逃学、苗妇人、剃头师傅刮脸、扎冥器的铺子、打豆腐的作坊、妓女、山大王……他打架、赌博、去看杀人、苗人“放蛊”的故事……我简直爱他，简直觉得他像是活了别人八百辈子似的——那个湘西倒像是神仙儿地，又似魔幻界，让我欲罢不能。

丁酉初夏，我终于去湘西。但到了湘西却仿佛早已来过，连那一草一木都是人世间的贞亲。我走过沈先生走过的路，看了他看的云，心脏跳得快，连呼吸都微烫。

我见过这个男人年轻时一张照片，是他在军队上当文书吧，豹子一样的眼神，深冽。是，只有这两个字如此贴切而生动。那种深冽的眼神只有他有。那是中国作家中最让我迷恋的一张照片了。

我更喜欢他晚年的照片，80 多岁了，脸上一派通达练达之色，润极了，有点像富贵老太爷的长相，完全被光阴打磨出了包浆。他创造了一生的美，任何人不能复制。少年的桀骜不驯，中年的他似苏轼《寒食帖》，活得一派苦雨连绵，至晚年则天真烂漫。

他的一生，隐忍而放纵，克制而羞涩，总有少年一般的稚趣与天真，那散发出的迷人气息，雌雄同体，我早早就迷恋上了沈先生。如果生在同一个时代，我怕是要给人家写情书的那一个。

我便怀着这样朝圣的心情到了湘西。抵达张家界荷花机场时，周老师和学生吧啦在等我，两个来自湘西小镇浦市的女人。周老师人到中年似少女，两根长麻花辫子，斜条纹连衣裙，倒似民国人。学生吧啦一年未见，瘦了，见了我抱上来，依然亲切。张家界大雨，已是晚上十点，又开车两小时到溪布街一家客栈住下，在雨声中沉沉睡去。到底是到了湘西。

第二天去张家界玩，到处是人。旅行社打着小旗吆喝着，觉得寡味。但武陵源景色真好，野、幽、灵、美、寂。山林之中猴子跳来跳去，那绿似幽灵一般，跳来跳去。我又在山峰间留恋，看石英岩地貌，地上300米，地下200米，壮阔而雄伟，暗自惊叹自然界的神功。但这些好可以一眼望穿，沈先生的好却永远看不穿、猜不透，那一派天真烂漫和人书俱老真是迷死人。

在张新颖先生的《沈从文的后半生》一书中提到他“文革”中被折磨，在今日看来是宗教般的“自渡”，以至于他的心里在晚年仍然开出烂漫之花，78岁去美国大学讲座依旧自嘲。

晚上在客栈与周老师、陈老师喝茶。她亦如我一样，走到哪里自带茶具。三个人说着湘西往事，我尤爱听苗人和土匪故事，沈先生笔下这样写：“小腰白齿头包花帕的苗妇人。他又写到很多山大王和土匪头子，都有意思。”

次日早餐后去凤凰。早餐却吃到一款当地人的辣酱，本是人家调配料用的，我一个人吃了一碗。问那厨娘，厨娘说现在五月正好有新鲜的木姜子，然后采来和小米辣菜籽油一起炒了做酱。

这木姜子如折耳根，很多人吃不惯，我却觉得受用得很，一口气吃掉一碗，厨师只好又上了一碗，笑着说：“你比湖南人更像湖南人。”

到凤凰，颜军老师在等。老实诚恳的湘西人，说自己是山大王。问我先去凤凰哪里，我问他有酒不？他不明白为何，只说有。我问什么酒？他说：湘西酒，98年的，湘泉。我答：极好。他问喝酒呀，这大早晨？我又答：哪也不去，第一站，给三姐夫沈二哥扫墓去。

雪小禅微刊副主编骄阳也到了，师徒三人跟着颜老师去沈先生墓地。

先生1988年去世，1992年骨灰运回故里，一半洒入沱江，一半埋在凤凰城的青山上。

我早说要来给先生扫墓的。虽然来得晚，但心里装下的山河岁月却更多，很多事与物也更经得起打量了。

沿青石板路走入凤凰城，街上多是喧闹店铺，这早已不是一百年前那个凤凰，已被过度开发到只有商品。但我仍然心跳，仿佛看到十四五岁的沈先生如何在街巷上打架、逃学、掷骰子、看杀人……那沱江水也绝不是从前的沱江水，混浊了很多，汩汩往前流着。

我们四个边走边说，骄阳小小的个子，美而坚韧，一身黑衣恰配我的一身黑衣。她们还年少，不懂我为何第一站便直奔墓地。

在《边城》的结尾，夜里下大雨有雷声，爷爷在雷声中死去，白塔冲垮了，翠翠等待着那个人回来，可是沈先生这样写道：这个人也许永远不会回来了，也许明天回来！

沈先生自十几岁离开凤凰，就中途回来过一次，直到死，再也没有回来过。但他到底回来了，住在凤凰的小山上，拾阶而上有青苔、有松柏，还有如我一样的人来看他。墓碑上缠绕着鲜花，而我终于看到正面写的十六个字：照我思索，能理解我，照我思索，可认识人。我又去反面看，那十六个字是他妻妹张充和所书：不折不从，亦慈亦让，星斗其文，赤子其人。

我开了湘泉，敬先生一杯，自己饮一杯。骄阳说我眼角有泪，我不自知。反而笑着说下辈子要找这样的男人来爱一场，哪怕不嫁，因为有趣、生动。

在墓前坐了好久，也让吧啦、骄阳给先生鞠了躬，并且命令她俩这几天叫我翠翠，于是她们便翠翠长、翠翠短地叫我。我受用得很。

三个人去买枇杷吃，五块钱一斤。我吃了很多，压压惊。像被沈先生附体，借尸还魂一般，看满街上尽是土匪、翠翠还有他笔下的妓女、农夫、船工、苗人、鞋匠、剃头师傅……觉得终于如愿以偿，却又觉得心里压着什么，怕惊动了沈先生，又想惊动沈先生——我爱他的人胜过他的文字。

人生动得像凶猛而有趣的猫，又像虎豹，又像蛇。

总之沈先生这样有趣味有意思的男人我没见过第二个。

小时候爸爸带他去看杀人，问他：小东西，怕不怕人头，不怕就同我出去。“不，我想看看。”他拎起人头，又用小棍去戳人头的眼睛——这是怎样一个人啊。我爱。

巴金老先生在沈先生去世后写过一篇《怀念从文》，里面有一句话：“那些吱吱喳喳加上多少年的小道消息，发展为今天所谓的争议，这争议曾经一度把他赶出文坛，不让他被写进文学史……”真是可笑，文学史在读者心中啊。

有一次我去中国文学馆，看到前几名鲁郭茅巴老曹……没有沈从文，我也觉得可笑，沈先生是无冕之王，他也不需要你们的文学史。巴金先生又写道：然而文艺界似乎忘了他，让他在华北革大学习，不给他出席文代会，还分配到历史博物馆当讲解员，他对瓷器、民间工艺、古代服装都有兴趣。

我案头有本《中国服饰研究》，每翻都有感动：浩浩荡荡的中国服饰文化史，一个人内心多么沉静练达，才能在风雨交加的年月中写下这样的文字，收集这些衣物、图片——文革期间，很多作家不停在给自己减分，曹禺解放后的作品不忍读，连梅兰芳都开始唱“人民公社好”了。

我至今敬佩几个在文革中洁身自好，并且给自己艺术加分的人：沈从文、孙犁、钱钟书。宁可放弃、宁可不写、宁可蹉跎，总比盲目歌功颂德要好上千倍。人的品格在泥淖中散发光芒更为难得，是自持、是坚韧，是在暴风雨中本色依然。

沈先生后来对丝绸、刺绣、木雕、漆器……非常感兴趣，他的学生汪曾祺写道：“他热爱的不是物，而是人，他对一件工艺品有孩子气的天真激情，使人感动。”他是“抒情考古学”。

而我受其影响，文字亦不立不破，酸甜适度，适宜留白，像五月“东魁杨梅”，有浓汁和恰好的酸甜，亦喜欢坛坛罐罐、花花草草。

我中这个老头的毒太深，这次从张家界得了一个旧坛子，宝贝似的随身提着，到凤凰又到浦市，坐汽车、高铁、磁悬浮，又坐飞机大巴带到禅园。

沈先生的 DNA 一直被众多人激活，即便是痛不欲生也能被他带到那有趣的世界中去。看过那么多名人传记，包括我自己写的《裴艳玲传》，最好的，仍然是《从文自传》，里面有大慈悲、大寂寞、大孤独、人的哲学和宗教。好书，好书。

晚上颜老师带着去苗族石头屋吃饭，苗菜。

那苗菜有野性，厨师说不放辣椒不会做饭。

我言道：“那多放辣椒。”那厨房是真好，脏、乱、差、生动。烟熏火燎，屋里还正蒸着腊肉，用橘子树的木柴，又加上桂皮，在黄昏时异常生动，我爱那乱哄哄的厨房。

青翠的生豆、鲜红的辣椒、腊肠、烤鱼……还有几口大铁锅，木铲子被磨掉了一块，灶台下是木柴，噼噼啪啪地响着，一屋子辣气、酸气——我回家后常常想起那个厨房，比任何洋气的厨房都生动，我断定菜好吃。

果然，苗菜有草莽之气，口味重，酸汤豆腐妙极了。那米酒也香，香到神魂颠倒。我自知米酒后劲大，还是喝了很多。

那苗族女人出现后，我激动起来。

她开始唱苗歌，声音绮丽嘹亮，简直好到不能再好。她唱思念情郎，说摘下一片叶子，吹成清亮的曲子，像风一样到男人耳朵里，她又说：“苗族只有两季，热天和冷天。”于是唱起来：“我想你啊，从热天想到冷天，从冷天想到热天，我用全世界来想你……”我几乎被她唱哭了，然后喝了三大碗米酒，醉醺醺地一个人跑出去看山中的星星和月亮，都亮得很，亮到人心里湿润润的、亮晶晶的……

我掏出烟来，对着星空和旷野吸起来。真香啊。

湘西像翠生生的小姑娘，又像七八十岁的老人，有筋骨有野性。颜老师说湘西人倒算上三辈子都是土匪，他又开玩笑说：雪老师，你到土匪窝了……我笑着说：“我要当压寨夫人。这是个好地方。”

吧啦、骄阳与我每天在小城转悠，又买了竹编的篮子和筐。我见湖南人用竹篮子盛米饭，也买了一个，回来盛茶具，美得很。

小城住了几日后便奔吧啦老家浦市，泥泞山路上辗转三个小时。吧啦说当年上学时没有公路，是坐船出去的，然后再一路辗转到大城市。我又想起沈先生当年，也是坐着小船一直走啊走，终于走出湘西。

吧啦父母站在香樟树下迎我。夫妻俩恩爱几十年，不曾红过脸，我们在西安见过，她领着父母去听我在西安理工的讲座。两位老人又羞涩又感动地握住我的手，感激我带出他们女儿——其实本没做什么，是我们之间有大因缘。

她家小院可真好，院外有远山和稻田，稻田里有牛和鹅，院子中有花草，二层小楼。

楼上是为我准备的卧房，崭新的被褥和蚊帐，她的父亲准备晚餐，母亲亲手为她洗衣服。三年前我说要来，一家人节衣缩食为我安了空调，我却没来……那空调一直在等我，我见了极感动，拉住她母亲的手不言，只指着远山说风水好。

吧啦父母真恩爱。母亲名字中有梅，她父亲便收集各种梅花：杯子、被子、雕塑、画、卫生用具，连洗脸盆上也是梅花，书屋叫“痴梅居”。两个人结婚 30 年没红过脸，也没分开过一天，每天拉着手去跳舞，你侬我侬——我见到这样的爱情便羡慕。

吧啦身上温暖的气质来源于恩爱的父母。她父母身上的光芒朴素而温暖，我每每看到都觉得大好。父亲做了“社饭”给我们吃，又能看到夕阳和远山，我只觉得这民间中国生动而可爱。

＊＊

一点也不阴柔，一点也不温存。只觉得是一头烈焰下的马，奔跑着……这是放肆的西宁，却也有踏实和肯定。

次日我们去赶集。仿佛寻到沈先生当年的集市，有一种热烈、坚定、朴素、丰茂、性感。新鲜的水灵灵的蔬菜，绿瘦红肥啊。背着竹筐的老人在买菜，马上就端午了，成捆的菖蒲被摆放到集市上兜售。很多卖粽子的小摊，牛肉米粉店、老茶馆、老照相馆、老理发馆、老裁缝店……仿佛回到二十世纪八十年代，仿佛时光被凝固。

集市生动极了，甚至脏乱。那脏乱却是民间生动的力量，有支撑民间中国的骨架和DNA。

我坐在牛羊肉米粉店吃牛羊粉，放很多的辣椒和木姜子，香辣生动，那羊肉鲜得不得了。远处有人开始预备赛龙舟了，小伙子们的号子声传来，镇上的老人告诉我这是极大极隆重的事情，比春节都要隆重，外地打工的全要回家看赛龙舟。完全是民间组织，每个村子都要带着龙舟来沅江。沅江出现在沈先生的文字中很多次，宽阔疏朗的水面荡漾着龙舟。

老人说有一年赛龙舟，一个女子给本村加油，怀里抱着孩子，加油太猛，居然把孩子给憋死了……我站在沅江边看赛龙舟，只觉得地老天荒。

沈先生这样写端午："端午日，当地妇女、小孩子莫不穿了新衣，额角上用雄黄蘸酒画了个王字，大约上午11点钟左右，全茶峒人就吃了午饭，把饭吃过后，在城里住家的，莫不倒锁了门，全家出城到河边去看划船。"我又替沈先生看了一次。

小镇茶馆尤其好。老、脏、乱。里面没有女人，都是男人。中老年居多。复杂得说不清的气场，三块钱一杯茶，可以坐上一天，配一碟花生米、一碟瓜子、一碟兰花豆。还有斗纸牌的——那种细细的长牌。我拿了一把牌坐在茶馆中，后面的几个老茶客看着我。

吧啦拍下了这个瞬间——后来我发现那是她最好的作品，一张好照片一定是天意。老人们用“一辈子”眼神看着我，复杂、深邃，说不清（迷人的东西都说不清），我手里的长牌向光阴深处不停探寻，我内心深处的青苔啊，你根本猜不透看不透——真正迷人的人从来都像孩童一样天真迷人，又像老人一样让人猜不透。“你的天真，你的可爱，你的优雅，你的邪恶，你的单纯，你的复杂，你莫名的孤独和绝望，你没有年龄的雌雄同体。”我爱那些无法描述的美和复杂，我爱那神秘交缠的时光气息。

老理发馆，二十世纪八十年代的理发用具。小镇男人在刮脸，花白的胡子。卖菜的老人穿着掉了色的旧衣等着理发，花白的头发和山羊胡，用疑惑的湘西眼神看着我。

我捧着老人竹筐里的鲜苋菜，回味二十世纪八十年代的少年时光。有些光阴是卤水点豆腐，一刹那就是一生。仿佛永远年少，又仿佛已经老去。

这一时刻，我迈进湘西的时光隧道里，与沈先生的少年和我的少年劈面相逢——沈先生，我愿做时光的逆行者，就这样与你在湘西相遇，一起活到天真烂漫，人书俱老。活得从从容容和丰腴自由，安静清寂又风日洒然——无论人还是文字，人性永远高于政治，灵魂永远驻扎着精神的故乡。

我又去卦摊上与老人聊天说命，老人说我命格好。我便喜悦地在小镇上转悠，遇到跳皮筋的孩子，冲上去就跳，我以为自己几十年没跳早就忘了，没想到跳得非常好。

又认了个表姐，是吧啦的表姐。我亦唤表姐，表姐给我按摩每天走两万步的腿，说硬死了……晚上带着我去看她父亲，老父亲是镇上有名的老艺术家，做了一辈子傩面具，慈祥敦厚地笑着看我。一屋子的傩面具，吐着舌头，很可爱。

老先生送我一个猪面，他说这个傩又可爱又憨厚，还笑得天真。我回家便挂到了屋里，真是又妖又蛊又美。

表姐是苗人，给我讲苗族故事，说苗人"放蛊"，如果放在烟囱里，家人一烧火这人便哭，还说苗族人剽悍生猛，唱山歌要几天几夜，不会唱歌都嫁不出去……浦市小镇上有很多坟茔，我们每天要路过很多坟，表姐说：每天要和先人对话，好玩。

我在湘西十天，几乎忘却时间。只觉得地老天荒。时光过得慢啊——也不去看时间，白天看鸡、鸭、鹅、牛在田里散步，小镇上逛逛老理发馆、老茶馆……黄昏看看远山和稻田，晚上池塘的青蛙大概有一万只，此起彼伏叫一夜，又生动又可爱——我在蛙声中睡去。

吧啦的父母待我如亲人，一日三餐俱是精细，父亲永远穿着军绿色外套在厨房里，母亲永远好眉好目地笑着叫我雪老师，骄阳喝醉了酒扎到我怀里。95 年的孩子有颗老心，眼睛里全是光芒，我抚摸她的头，有几分心疼和不舍。吧啦抱出我几十本书让我签上名字，我写得最多的是：来日方长。

我离开湘西先坐三个小时汽车到怀化，又从怀化坐两小时高铁到长沙，在长沙又坐磁悬浮到机场，长沙又飞北京，北京机场又回家……我与骄阳就这样折腾了 15 个小时才回到家。在机场与骄阳分别，她说：其实相聚也不是那么容易，有时候见一次就是一辈子似的。我们假装嘻嘻哈哈地说笑，但进了安检就落泪了——在一起的十天就是一辈子似的，吧啦拍了我们分别时伸出车窗外的手——我没有再看第二次。

表妹开车来机场接我，我一路上不停地说着湘西，说啊说，说啊说，表妹说，真是个好地方。

湘西是野的、灵的、调子低的，但骨子里却张扬着一股浓浓的风情，仿佛眼角眉梢间全是灵动，像沈从文。沈先生的文字调子一直是低温的、软的，像湘西的水，但骨头里又柔韧，又具有天生的浪漫精神。在《从文自传》中，他这样写过："我最喜欢天上落雨，一落了小雨，若脚下穿的是布鞋，即或天气正当十冬腊月，我也可以用恐怕湿却鞋袜为辞，有理由即刻脱下鞋袜赤脚在街上走路。"这是多么可爱的沈先生。

当他辗转 19 天，到北京在旅客簿上写下——沈从文年 20 岁，学生湖南凤凰县人。当丁酉年初夏我从湘西回来，重读这一句，我站在窗前，突然热泪盈眶。

我知道我被湘西收了魂儿，被灵性和野性的湘西附了体。这多么好。你看，我又比别人多活了一辈子。

在云南

* *

在云南，云是低的、厚的、稠的、甜的。空气中荡漾着野性的芬芳，每一寸空气都是自由的、没有分寸的。想起云南，先想起云南的云，大朵大朵的，像去殉情的群羊。云南有风花雪月，但云南没有叫风南、花南、雪南、月南，云南偏偏叫“云”南，可见云是有多么重要。

仿佛就是为了去云南看云，和那相思的、野性的、又听话又不听话的云是同谋。同样的纯粹，又同样的邪恶，飘来又荡去。那些与众不同的云，那些仙风道骨的云，那些有预谋要去销魂的云——只有云南的云是这样的云。

云南的天空是低的，是和我们的手、心紧紧连着的，一伸手就能够着了！那空气是甜腻的、荡漾的，缠绕在身体每个细胞里，都有了懒散，也有了野性——在云南，如果不躺在草地上发呆，如果不放歌，如果不喝醉了，如果不爱上一个人，那来云南干什么呢？

云南是有巫气的，这个巫气弥漫在每个日常里。去过一个布朗族的村寨，男人在月光下抽烟，黝黑的皮肤有光泽，女人在月光下织布，手上有沧桑皱纹。

年轻人在跳舞，篝火燃了起来，天空澄明干净，蓝灰的调子真迷人啊。我坐在月亮下喝米酒，喝着喝着就喝多了。米酒的后劲大。

2011年的春天，我跟着中央电视台二频道去拍纪录片《探秘蝴蝶谷》，与两个老科学家翻山越岭去找蝴蝶。那真是一段美妙的时光，两位老科学家分别叫周雪松、刘家柱，蝴蝶专家。那是我第一次去云南腹地，在几乎无人的深山和原始森林中找蝴蝶……那些蛇、大象……那些叫不出名字的植物，那些茂密的植被，还有说不出的神秘和巫气。

片子拍完之后我们开始喝酒，米酒很甜，这一点迷惑了我。渐渐我便喝多了——它的后劲在下半夜呈现了出来，我开始疯狂呕吐，连胆汁全吐出来了，后来我昏了过去。

我以为我死了，但我明明觉得有云在飘。铁窗上还挂着我买的云南刺绣，云南女人背孩子用的布，还有一些银饰。我梦见有人在我床前跳舞念咒，用刀劈来劈去。

第二天我醒了才知并不是梦。当地人请了人来为我招魂，周雪松教授还让我吞了一点点鸦片——我的命终于保住了。这是一次惊心动魄。云南的血液里是有鸦片的。它让人醉，而且有想堕落的冲动。这是云南，天高地厚海阔云低。有一种说不清的欲罢不能。

第二次惊心动魄是在西双版纳。茶人带我去原始森林采古树茶，天黑了，月亮在上面，我就走啊走。一尺之外就是悬崖啊，我不知道害怕了。西双版纳的月亮真亮真圆啊，露水打湿了衣裳，荆棘遍地，脚和腿已经被草割伤。

我坐在古茶树下唱戏，猛然觉得来生来世——如果有来生，就做一棵古茶树，在森林里，活个地老天荒，承受天地光阴的雨露恩泽。但我们迷了路，几乎走不出原始森林了，越来越危险了。

不知为什么，我开始迷恋那危险的气息——那味道是咸的、迷离的。我怎么会不害怕呢？是因为云南那又大又湿又亮的月亮吗？我感觉脚在流血，染红了袜子，但和恐惧比起来，疼痛这么弱。

后来才知被蛇咬了，蛇的牙印在我的脚上。但我活着回来，喜气洋洋泡小禅茶——自己在原始森林里采来的古树茶，每一寸光阴都呈现出动人的光泽。无论是深陷泥沼还是花枝春满，居然都记得这样刻骨铭心，而云南的尤其深，仿佛铭刻。

我又爱吃云南菜，野味十足，不讲究，却味道鲜美浓烈。汪曾祺在西南联大上学时吃过很多云南菜，后来都写到《人间滋味》里。这样的人天生长着会吃的须子，哪里有好闻的味道，一下子就触到了。

北京和上海有很多云南菜馆，是离开了云南的云南菜，差了那么点意思。

几大菜系没有云南菜，忒野，上不了台面。但我恰恰喜欢云南菜的这份野。不在乎的样子，品相也不讲究，什么都可以做成菜似的，虫子也能吃。还有一种山上的野菜，是云南的芫荽，那个味儿，又辣又腥。

还有折耳根，又叫鱼腥草，一般人难以承受它的腥，我吃起来恰恰好，再放上小米辣，恰恰好。

还有米线，一大盆，蹲在地上吃。我在蒙自吃过几天米线，鲜啊！再也没吃过那么好吃的米线了，每一寸都润滑滑鲜嫩嫩的，又加了辣椒和鲜羊肉，至今没忘。

腾冲的坛子鸡也好吃，一个人吃过一整只，余味绕梁。酿雪梨、云南春卷、炸洋葱、三七汽锅鸡……又酸又辣的蘸水，重油醇厚，熟而不烂，嫩而不生。在云南吃上半月，胃就大了，但还不够。

云南还吃花，把花做了鲜花饼、糕点，把盛开的荷花用油炸了，把荷叶做成菜、汤……你想不到的东西都能吃。在北京的云南菜馆我经常去，不正宗，但到底能解馋。

我还吃过云南的八大碗，听着滇剧，一边吃一边跟着唱。八大碗：扒、焖、酱、烧、炖、炒、蒸、熘，用大铁锅山柴火做熟。我跟在人家大厨后面唱戏，像个女疯子。

盛八大碗的碗是云南老碗。二十世纪七八十年代的碗，好看，又朴素又典雅，是七八十年代那个意思。肉吃完了，要了一个碗，上面写着：长生不老。碗底有一只孔雀。后来看到后厨小红花的碗，也美。但缺了口，跳上锅台就偷了一个，又觉得不合适，还是告诉了人家，但那个心跳真美。

云南的器物朴素天真，陶罐十块钱一个，遍地都是。我背了一堆回来，家里好像要卖陶罐似的。

云南的茶也好。普洱、滇红……特别是普洱，大开大合，野生的壮阔，迷人的幻化——只有在云南才有普洱，也只有在云南，天地苍茫才有这神秘口感却又撩人心肺的普洱。

我喝了普洱很少喝别的茶了。与人斗茶也多是普洱，而且是生普。这些老茶伴着我度过一个又一个空虚、寂寞、无聊的下午，煮了普洱、赏赏字画、听听老戏、养养菖蒲，大抵是中国文人的路子。也忘记了年龄，更忘记了光阴。但一口下去，云南就扑面而来的——我骨子里，埋葬着一个前世的云南。

西宁：凉夏之都

* *

我喜欢西宁。第一句话，我要这样说。

当我走在夏天冰凉的西宁时，我给朋友发短信说：我爱西宁。

是的，西宁。一个高原上的城市，一个天高地阔的城。民风淳朴，像回到多年前。人文厚道，那些街边艺人吹拉弹唱着，并非为稻粱谋。

早晚还很冷，要穿长衫。一个人走在风中，有薄薄的喜欢。

西宁是浓烈的红色，食物要大——馒头馍馍房的大馍馍大得惊人，味道奇香，买上一个可以吃上一周。街上戴着黑色面巾的女子，眼神干净。回族的女孩子，有一种难得的清澈。我与她们擦肩而过时，会闻到身上的异香。

西宁又是静的。街上人不多，像一个低调的中等城市，并不像一个省会城市——三三两两的人，烈日炎炎，刺眼的阳光，并不觉得烦。只觉得天地流转，人世浩荡，应该有这样的明亮。

一点也不阴柔，一点也不温存。只觉得是一头烈焰下的马，奔跑着……这是放肆的西宁，却也有踏实和肯定。

下午太阳稍微落下去之后，去骑自行车。阳光洒在裙子上，提着裙子骑。听到路边传来好听的西宁话，发音短而促。“吃饭撒，好吃撒，你好看撒，常来撒……”“撒”字说得真动听。我真爱听他们说话，特别像在一个奇怪的地方。而这个地方，有童话一样的安静。卷舌音听着有些异域情调。也的确是异域了……人或者食物，都与内地格格不入。

面馆极多，一个挨着一个，宽的细的……或者面片，都好吃。粗瓷碗，一大碗红油飘着，又鲜又亮……莫家街上的小吃有几百种，从头吃到尾的话，对肠胃是考验。

酸奶到处都是，老青海酸奶，很多小店都有自己制作的酸奶。第一次见到中年男人喝酸奶是在西宁，整个一排全是中年男子。我很惊讶。有人告诉我，西宁男人是喝酸奶的，像喝茶一样。

夜了。半个城的人仿佛全出来了，吃烧烤。

羊肉串实惠而厚实，排骨上的瘦肉烤出来异常香。我本来不吃羊肉，居然也吃掉七八串。

还有羊排肉，肥而厚，吃下去，并不腻。回族或者撒拉族女子，戴着盖头，露出干净眼睛，男子坐在外面烤着。

可以吃到半夜。

当然有面片。

有膻味。可是，放上辣椒，就着茶，吃下去，可以吃几碗。吃撑了，仍然想吃。

熬茶也好，去油腻。牛肉吃太多了，必须要喝它。

熬茶成分——茶，盐，麦仁。一杯杯喝下去，对胃极好。很老实地保护着我们的肠胃。

其实更多喜欢西宁的源自于它的老实。

像一个不言不语的小伙子，又踏实又沉默……会疼人，心里宽容，憨厚地笑。没有比西宁更老实的城市了。所以，我的朋友会一住几个月，好像这里是她的城。她说西宁，是一个来了就不想离开的城。

就像苏州是我的城。

还有朋友，因为喜欢西宁而离开上海或北京，或者每周会飞回西宁打场羽毛球。西宁有一种特别让人温暖的气场——一点也不张扬，踏实过日子。日出而作，日落而息，一切那么自然。没有比西宁更不浮夸的城，它自给自足，永远那样满足于这个城市的味道。

更有青海湖。

离西宁两个半小时的车程后，你就可以看到那上天垂下的一滴眼泪。蓝色的、巨大的——你可以不哭吗？不可以。你可以不震撼吗？不可以。

后来我想，西宁也许有了青海湖才如此厚实、清澈。

当我坐在湖边安静发呆时，一切语言都稍显多余。终无言。大美青海湖，是上天滴下的最干净最伤感也最忧郁的一滴蓝色眼泪。高山上的湖水，一层层的雾气升起来，湖与天连在了一起……这雾气，这圣灵，一定弥漫在了西宁。

所以，西宁呀，大气包容，所以，它厚实敦诚，绝不浮夸。有一说一，或者更低调沉默。

听着花儿的时候，常常眼睛会湿。花儿与少年，永远的青春。我的花儿，我的少年，我的青海。

夜晚，走在西宁花园南街这一边，有很多安静的酒吧。不要怕，只要十块二十块就可以泡在那里。别以为是在北京上海，不怀揣千元不敢去泡酒吧。街上人还是少。人烟这么稀薄，恰恰是我最喜欢的宁静。

抬头看，远处格林威治钟滴答走着。圆月亮挂在天上，我呆呆地看着它。有点心酸，有点欣慰——西宁，以它最敦厚和诚实的态度安慰了我。

感谢西宁。

因为，它明白我。至少，是我在最孤独的时候，曾经与这个城，相依相偎。

银川记

*

*

我居然这么晚来银川，连自己也不相信的晚。但中国的省会中，我的确是最后一个到了银川——但似来过千百遍似的。

西北的天高云阔，有一种刺眼的亮，又辽阔又荒凉，没边没际的时光都化了似的，展展地（银川土话，比喻舒适、开阔）在你眼前。

宁夏，银川，这名字好啊！说不出的韵味和生动，欢喜得不得了。如果有个儿子就叫银川，有个女儿就叫宁夏。天然而空灵的名字。

中国好听的地名太多，宁夏银川是其中之一。我说不出它们具体的好，但就觉得好到令人羡慕，读出来口齿生香，特别是银川——仿佛银子铺了一地，到处闪光泽。

一出机场，看到枸杞广告，我笑了——这就对了嘛。没有枸杞，哪还叫宁夏？广告牌上写着：到了宁夏，才算游遍天下。掐指一算，就差宁夏。这样的奔波和行走会一直延续，有如候鸟，飞啊飞。

张雪姐姐是故交，和永玲抱着一大捧向日葵笑着等我。七年不见，张姐依然不动声色地笑着，仿佛没有时光掠过，紫色的袍子上有大朵印花。我穿了渔网破洞牛仔裤，咖色 T 恤。剪了短发的我无所适从，给自己戴上草帽。

我和张姐说：连我自己也不相信是第一次来银川，但的确是。银川的云仿佛伸手可及，街道宽宽的、展展的，不是八车道就是十车道，街上人不多。有一种在西宁的感觉，疏朗清宁。偶尔过一辆车，并不惊扰——银川很少堵车，单行道又多，我来的几日，没堵过一次，仿佛可以一直向前。银川是我见过最不堵车的省会，而且是畅通无阻。

我走在银川大街上，并无陌生感。阳光刺眼紫外线强。要了一杯当地老酸奶，在路边喝，听西北的花儿。晚上张姐在自家“雪小楼”为我接风。

那一日，一群银川朋友，席间有热烈奔放的玩笑，还有西北人的豁达和不拘小节。张姐特意煮了新鲜羊肉给我吃，又嫩又滑又香。厨师说只放花椒、姜煮，最后再放盐，以保证羊肉的鲜嫩。大家用手抓着吃，我也入乡随俗，抓了蘸蒜汁和辣椒——但我更喜欢什么也不蘸。

已经晚上八点，太阳还明晃晃地亮着，我走在银川的街上，又地老又天荒。

次日是自己在银川的读者见面会，见到很多远道而来的读者。

晚上见到也在银川的杨俊姐姐，她来银川参加第十五届戏剧艺术节——她依旧又美又俊，一脸善良地拉着我看新戏《王贵与李香香》，两个人私下说体己话。

她在黑暗中说："小禅，有时候特别羡慕那些在最好芳华离去的人，有足够的勇气，拖到又老又憔悴，而且消耗了艺术有什么用呢？可自己又没有这份勇气。"我们在宁夏大剧院，在黑暗中握着手——那一刻，我们悲欣交集。她唱了一辈子黄梅戏，把戏当成命，人称"黄梅皇后"，又如何？更多时候，所有孤独与荒凉要独自面对和撑起。

当我来到镇北堡西部影视城时，便印证了荒凉和孤独的力量。

无论宁夏和银川，都绕不开一个名字——张贤亮。很可惜，我在这个男人生前没有见过他，关于他的传说已成为传奇——其实在活着的时候已经是传奇。

19岁进监狱，40岁之前还是处男，后半生的纵欲，还有他一手创立的影视城。我们难忘的那些影片很多在此拍摄——《大话西游》《红高粱》《新龙门客栈》《东邪西毒》……张贤亮是这个帝国的主人。他的照片中还是流露出了南方人的书卷和儒雅，面相上还是南方人，但他骨子里已经是西北人。

记得少时读《马缨花》《男人的一半是女人》，觉得他痴迷于女人的身体，"性"的迷惑一直在。及至镇北堡影视城，看到大漠黄沙中他的城他的堡，才能体会他一点点极致的孤独，也能理解他不为常人理解的放纵——他死后，连妓女也歌颂他，称他爽快，一给就是三万五万，从不小气。

银川人更是口不离他，说着说着，就绕到他。他曾经的对桌、老同事猫哥说：宁夏绕不过张贤亮，这个人是第一的。他在这儿，别人没办法。他又说在一起时，"老张爱讲黄段子荤笑话，一个接一个，动听有趣。"

这个人活了别人的十辈子，饱受争议却流传千古。镇北堡仿佛还有他的灵魂游荡，泥墙土屋黄沙下，有他在笑傲江湖，一个人成为传奇是他的命中注定。

他在西北农场烈日下劳改时，大概没有想过自己的后半生才是人生巅峰，银川人说起他，说："也就有一个张贤亮。"

又去看贺兰山岩画。贺兰山三个字很唐诗，那些戍守过边疆的人都写过贺兰山。我想象的贺兰雪在六月里纷纷飞，"风情姐"开车，52 岁的女人，妖娆万端，明明是中学英语老师却偏偏有着吉普赛女郎的风情，露出又白又细长的大腿，热裤下是靴子。

"我一年四季都穿靴子。"她撩了一下长发，眼角皱纹却性感生动。她身上荡漾着一种无法说清的妖娆————辨识度极高，万千人中可一眼认出。

我开玩笑说有没有男生给你发微信表白？她说："网络都拥堵了，全让我等他们长大。"她一脸狡黠坏笑，混血的眼睛里有复杂、孤独的深情。

后来她说起曾经的爱情，"无论他什么时候回来，我都要他，再也找不到那么好的男人了。"她忽然涕泪滂沱。

我悄悄递过纸巾，擦着自己眼角的泪——所有刻骨铭心的爱情如此相似啊。一个深情，一个更深情，像贺兰山岩画，十万年还在，在石头上实现地老天荒。

贺兰山下有韩美林艺术馆，几乎没有人，荒荒凉凉地放在那。站在贺兰山下，人行天地间，忽如远行客。很大的荒凉和孤独，在又白又亮的太阳下，散发出更为荒凉的味道。

我站在一棵孤独的树下，远望贺兰山，不由感慨天地洪荒。

次日去黄河古渡看沙漠落日和黄河夕阳，几乎 40 摄氏度的高温。52 岁的窦老师拍了在沙漠中奔跑的我，大漠，落日，长河，孤烟，还有一个仿佛没有年龄的她和我。

我在沙漠中走啊走，仿佛时光也可以被弯曲，仿佛掉进了一望无际。在黄河边，我伫立于夕阳下，看着黄河水滔滔东流。很多次经过黄河，很多次一个人在黄河边散步，都有刻骨的孤寂——但我恰恰喜欢这孤寂。

晚餐在银川偏僻的巷子中吃碗蒸羔羊肉，美味到天荒地老似的——银川的羊肉在我的舌尖上翻滚，记得的是那鲜鲜的味道，不腥。

隔天夏至，张雪姐带着去一个优雅的小舍吃饭，听张涛老师讲宁夏历史，泡了霍山黄牙，喝了鹿血酒，听着外面的雨声敲打在屋檐上。

院子里的花开得正好，好友三两，也正好。而我斜倚在夏至门前看银川的雨，一切也那么刚刚好。

景德镇

* *

景德镇不如想象的好，败了的花儿一样。

大器成景，厚德立镇。这八个字好。到底是千年瓷都，一下高速便看到公路两侧路灯全是瓷器所制，又有两侧高塔，亦是瓷器烧制而成。

其实与景德镇，是久别重逢矣。喜欢瓷器、陶、青铜器……年代越久，它们散发出的气息越朴素、敦厚、光泽黯淡，但气韵动人。曾在宋代一件汝窑的小碗前不能动弹，又偏喜欢那擦了苏麻离青的青花瓷。宋徽宗做皇帝未必专业，却是艺术家，书画自成一派，瘦金体有天生贵气，对陶瓷的贡献更让人钦慕。雨破天青色的瓷品，有着少女一样的羞涩与动人。

去看景德镇的古窑，就那么突然重逢了。再也不见那样的古窑了，一砖一瓦砌成，偌大的窑，一眼望去，却有朴素的大气与温暖，哪个器皿放在哪里全有定数，大小高矮自有远近高低。木材烧制，不同现在的电与天然气，烧一窑要用八吨马尾松。松木火旺，油脂多，烧起来噼啪作响。

把窑人是顶重要的人，一口唾沫啐上去，便知火候如何，前半夜要慢火，后半夜要紧火——那所有一切，全是天机。明明是一样的时辰一样的火，换一个人烧，或者就是一窑废品。而有时老天恩赐，亦烧出窑变神品。这烧制过程本有天意在身，像人的命数，每一件瓷器，自有它的命数，成为千古珍品还是残瓷破片，全是天意。

古窑用马尾松烧的瓷器，像用柴火做的饭，有一种慢火炖烧出的糯香。后来用天然气烧制的瓷器，似批量生产的方便面，味道类似，而母亲用柴火做成的汤，每一锅都味道不同。这样的古窑每年只烧一次到两次，因为马尾松太贵了。更何况，那样古老而漫长的烧制过程，效率太低。民间工艺就这样一点点丧失掉，可惜。

又去看一只碗的形成过程，居然要有 72 道工序。最喜那成了胎的碗，还未被烧制，还未有光亮，还有土陶的憨厚与动人，一排排放在架子上晾晒，像等待出嫁的少女，像早春含苞的花，美得清澈动人。

也喜那景德镇老青花图案，那画图案的人随手涂抹，却是景德镇百姓最日常的用碗。贾说，她们小时候就是用的这种碗，那时好多道路都是老瓷盘铺的，随便一片可能就是明代或清代的，没人要。当然后来也值钱了，却都没有了，二十世纪七八十年代，没人拿那些东西当成个好东西……贾漂亮得惊人，睫毛长得像假的。她一天要换几次衣服，每次陪我都惊艳出场，仿佛就要连天地都震动一样。

她带我去吃景德镇乡野菜，有一盘炒栀子花分外惊心。先把栀子花采了，晾干，再上锅蒸之，之后佐以葱、姜、辣椒炒之，味道鲜美。中国人在吃上的勇气惊天动地，栀子花纯净得似少年初恋，忽然加上烹调，就有了人到中年的意味。

人到中年，再忆初恋，就不再是青涩的感觉，淡然一笑，过去了也就过去了……南方饮食精细动人，仿佛什么都可以拿来炒。贾说西瓜皮炒来也香，要皮和瓤之间那层，然后晾晒至半干，有了咬劲儿再炒，辣椒一定要放……橘子皮也可以炒来吃，切成细丝，用热水泡上几遍，去掉橘子的腥味与湿味，加上木耳、香菇、辣椒、葱、姜、蒜，炒出来是极香的。但一定要用南方的沙糖橘。北方橘不可以。我与贾讨教了很多野菜的做法，春日灿灿中，竟觉得好光阴原来是可以虚度的。

又一天，贾带我去吃苍蝇馆子。在景德镇步行街里面，不起眼的小店，脏而乱，店主是小夫妻，好眉好眼地笑着。男人是厨师，炒了碱水粑粑、莴笋炒腊肉，又做了石锅鱼，都香极了。

特别是碱水粑粑，他说是朱元璋打仗时吃的，面是用稻草灰水和的，有碱性，不易坏。也从来没吃过那么动人的莴笋。其实是莴笋干，然后泡开，加上腊肉的甜香，居然是绝配。

我夸奖男人炒菜香，他倚着门框，点了烟笑：“我每天只做三桌菜，小本生意，不赊账。与老婆每日相守，感情好，也不图发什么大财，特别知足……”他抽着烟，一脸恬淡幸福，他妻子哄着孩子。他问我一个北方人怎么那么能吃辣呢？

我笑着说：“特别能吃辣，能吃变态辣呢。”他转身进了厨房：“来，你吃吃我自己做的辣椒酱，我媳妇说辣极了……”我夹了尝了，果然辣。

“好吃。”我说。

他立刻去找塑料袋，然后说：“带上带上，带到北京去吃。”我看他一眼，他突然羞涩一笑：“你不要嫌弃才好。”他又给我讲哪些菜荤油炒哪些菜素油炒……一个热爱厨艺又热爱生活的男人，在小城，过着自足的生活，多好。

来景德镇，最难忘记的不仅有古窑，亦有这个苍蝇馆的小厨师。

肆 * 桃花红杏花白

苏州评弹

*
*

苏州评弹很妖的，这是我听了多年后的感受。

对于南方的气息，我始终怀着非常特别的热忱，仿佛潜藏在骨子里的南方记忆。比如南音、昆曲、南方的建筑、植物、器皿，还有苏州评弹。一言难尽的前世记忆。

很多年前去苏州迷上了评弹。平江路的音箱里永远放着苏州评弹，与这个城市相依相缠，如昆曲一样，是这个城市的灵魂。

苏州，我大抵是去得最多的。2010 年春天住过半年，在青年旅行社听雨、写作，累了去小巷中和老人聊天、看桃花、吃青团子。

那些巷子仍然像二十世纪八十年代，老裁缝铺、老理发馆、老点心铺。老人们说着吴侬软语，燕子在桃花树下飞过。

三月的雨永远下不完。而苏州评弹从街巷的每个缝隙里钻出来，一

* *

有既见君子云胡不喜的惊，有『此外是空林』的禅意，那琵琶声中，都是时光杀了过来，又脆又猛，片刻间，一天过去，一年过去，一生过去。

声声扎在我心里，到处是雨水、昆曲、苏州评弹。苏州是粉的、湿的，是婀娜的，是带着诱惑的妖气，摇曳春如线啊。苏州评弹是嫩绿夹着银灰，又性感又跌宕起伏。我开始大面积被侵略。

没事的午后，我就去观前街的苏州评弹团听评弹。几块钱听一个下午，周围多是苏州老人。其实我根本听不懂，我只是喜欢那个气息而已。

那时我还不认识盛小云先生，我宁愿称她为先生。听完评弹去对面的“大阿二”吃生煎和大馄饨。“大阿二”的生煎真脆真香啊，那甜是淡淡的，不腻，像恰恰好的爱情。烧饼也好吃，叫“蟹壳黄”，一咬掉下许多芝麻，有甜有咸。

回北京时，我常常带几十个回来，可回来就不是那个味儿了。我常常怀念的还有虾仁馄饨，那么大个的馄饨，都不像苏州的做派。

我带很多人吃过“大阿二”馄饨和生煎，朱老师、华姐、老曹、丫丫、小慈。店员也听苏州评弹，一边收钱一边听。收音机又破又旧。

我也去评弹博物馆中听，也是四五块钱一张票。很多人一边听一边泪水涟涟。我理解那前尘后事的泪水。那抱着琵琶的女子穿着裹身的旗袍，那弹着三弦儿的男子总是一袭长衫，他们言古，他们论今，说时语调快速，唱时婉转动人——我至今听不懂苏州话，不妨碍我沉溺于苏州评弹。

苏州评弹是一种物质，是一种袭击，别样的性感与忧伤，是苏州人的生活方式，是中国文人的好消遣。

后来认识了盛小云先生。她请我去松鹤楼吃饭。那天，“响油鳝丝”

真好。那天她穿的旗袍也好看——我见过的女人中，她穿旗袍最好看。满城都放《姑苏行》，姑苏的好风光，给小云先生唱，更姑苏。

丙申三月，去苏州大学讲座，小云先生是嘉宾，全场学生轰动——她上了妆就是民国人，每根头发都伏贴。

苏州吉老师请我吃老苏州菜，说起从前的评弹艺人——有的六七十岁了，嗓子哑了，可是唱得还好，有时光的风沙。

小友老曹爱戏曲和评弹，因为喜欢评弹，跑去苏州评弹团工作了一年，回来能说满口苏州话，还能唱几句评弹了——我常说她生错了年代，她是 90 后，但喜欢老人、老故事、老戏。一张嘴像 50 岁的人，她是我的少年知己，在很多个深夜我们说戏说评弹，不知不觉天就亮了。

评弹成了我的日常，成为日常是可怕的。从一个迷恋摇滚、西方哲学、油画的前卫少年到喜欢中国书法、写意、戏曲、评弹，这是一个奇妙的转变。贮存在心中的磁场被激发出来，引发了 DNA 中的热爱。

每天早餐的时候，我喜欢听评弹，特别爱听朱慧珍的《寿堂唱曲》。秦香莲和相爷之间的一问一答，又朴素又悲凉，特别是朱慧珍那声“相爷”啊，简直让人想落泪。这段曲子听了有一年时间，秋天去苏州“悦禅”时，夏先生请评弹团来唱曲儿。我点了这首蒋月泉先生的《宝玉夜探》，评弹演员夸我懂得多。我不是懂得多，我只是听得多，像观古画，观多了，自然知道更喜欢黄公望还是倪瓒，或者徐渭、八大、渐江、沈周、文征明。

我不知道吴门四家是否听过苏州评弹，但他们的画中一派江南的安静、水意、禅气。这些，评弹都有。

最喜欢听蒋调，蒋玉泉先生的《宝玉夜探》……孤单单独自到潇湘馆，去看那林妹妹的病体可减轻……我与你两人共一心，我劝你么，一日三餐多饮食。我劝你么，衣衫宜添要留神……可晓得你病中人再不宜磨黄昏……

孤单的时候我就听这个曲子。人和人的温度大概就是一日三餐，就是让你多加件衣服。蒋调听多了，像余派听多了，心里都是人世间的慈悲。一字一句地说来，不急不缓，深情到平淡天真，连一句都不多说，只是那么不动声色地唱着，但实在是，最大的悲情。最好的艺术是不动声色，是惊涛中的大平静与海水一样的蓝色和深情。

在听苏州评弹的日子中，我的温度是低的，我的情绪是平淡的。

这些苏州评弹像多年的情人，贴着心肺，暖着人世间的悲欢。娓娓道来之际，已经天崩地裂了。

还喜欢张调，张鉴庭的《误责贞娘》《寿堂劝美》……是京剧中的麒派。嗓音都是沙哑的，仿佛一把时光的黄沙在喉咙里，听着听着就一把辛酸了。不到一定年龄听不了评弹，我少年时偶尔听过一两句，根本听不进去。

人至中年，迷恋这些沧海桑田的声音，还有那些评弹中的故事，有慈悲、有欢喜、有似水流年、有寻常百姓。

王珮瑜唱过评弹。来自苏州的她是唱评弹出身，后来唱了戏，余派唱得非常文气。成名后她偶尔给大家秀一把苏州评弹，惊艳全场。

徐丽仙老师的声音也好，低调沉稳，丽调有很诚恳的憨厚，她唱《黛玉葬花》，仿佛黛玉在眼前：“一片花飞减却春，风飘万点正愁人。”琵琶在她手中成了落花的肃肃杀气，那声音是交响乐中的浅唱，是书法中的浅墨。这悲情是对时光的怜悯，丽调让我想起一款陈年的大红袍，又酽又烈，但五味杂陈在心头。

年轻一代的高博文、陆锦花也好。锦花给我当过嘉宾，在同济大学的讲座上，她一身果绿旗袍出场，水绿水绿的，特别惊艳。

她人长得也妖，但唱起评弹来，有令人动容的地方——一个人长得太美会有一种忧伤，她的声音中有懒散的寂寥。

有一次在新乐府中听她唱另一种评弹，似妖似幻，有一种时光穿越，心旌摇荡之外，忧伤更多。

当苏州评弹成为我的日常后，我与盛小云、蒋月泉、朱慧珍、徐丽仙、严雪亭、徐云志、薛筱卿成为前世今生里的知己……她们的声音陪着我，在早晨或黄昏里，独自惆怅。

有既见君子云胡不喜的惊，有“此外是空林”的禅意，那琵琶声中，都是时光杀了过来，又脆又猛，片刻间，一天过去，一年过去，一生过去。

而苏州评弹仍然婉转地唱着，那把琵琶，还在一声声弹着，把时光弹碎，然后，一笑而过。

豫剧

*

*

我起初是不喜欢豫剧的。事实证明，你起初不喜欢的东西在多年后都会得到隆重的厚爱。

豫剧在我最初的印象里是潦草与野性，那种潦草是我拒绝的。昆曲柔软细腻像一块老丝绸，重磅真丝的老丝绸。梨园戏是帛，八百年前的帛，有味道。京剧是官派男子，到死都要端着那架子。河北梆子和秦腔是失心疯的男人，醉了酒，耍着蛮。

越剧是小姑娘独处，书法中的欧体，永远规范得体。豫剧是中年妇女，在从前的印象中，它就是已经见了衰老没了姿色的中年妇女，已然不讲究，甚至邋遢，那潦草中，全是生活动荡折磨的痕迹。

小时候去看过《朝阳沟》，并不迷恋，对于没有内涵的戏曲形式，有天性的拒绝。

中年时再看《朝阳沟》，忽然“恨别鸟惊心”，想起七八岁在麦场上看这个电影，早早埋下的那怀旧的种子。

一直不喜常香玉和小香玉——我是不喜那天宽地阔的长相。后来说到常香玉为爱情私奔、自杀，生了怜惜。

豫剧一直在我的审美之外，多年前在北京见过一次乔叶。黄昏，我们去散步，她接了一个电话，她说家乡话，非常动人的河南话，我让她唱几句豫剧——也许只有我和她的缘故，那黑夜中的豫剧非常动听。乔叶说，整个郑州仿佛都在唱豫剧。这话夸张了。

终于去河南郑州，听到每一处都有人唱豫剧，知道这话不夸张——没有哪一个剧种热烈到这种程度。

豫剧有特别憨厚的资质——像会务农的农民，实打实地除秧、收割，和地气接得很重。河南卫视的《梨园春》节目，收视率比中央11台还高，说整个郑州都在唱豫剧并不过分。

人至中年，对于热闹或鲜艳的东西有一丝依恋了。少年时独上高楼，偏喜欢那清冷，嘲笑春节里放鞭炮穿新衣的人，甚至对广场挥舞红绸子绿扇子的人充满轻视——少年的个人审美里，素白白清凉凉才是气息、气场。

偶尔也会听一段豫剧。它的野气太足了，铿锵有力，绝不怕浪费气力，豫剧于我，仍然不是那样心神荡漾。

父亲喜欢淘一些黑胶唱片。他年轻时家中有很多黑胶唱片，我喜欢那密密的纹路，还有它沉沉的那种质感。他送了我几张黑胶唱片，郭颂的、裴艳玲的、江河水，还有这张豫剧《陈三两爬堂》。

我放了这张《陈三两爬堂》。

从来没有哪个豫剧演员的声音如此击穿我：河南安阳豫剧团崔兰

田，像一个男人名字，录制于1959年。她在那用悲切切的声音唱着青楼女子陈三两的身世：我好比金花芙蓉栽到瓦盆……那声音是呜咽的，又是慈悲的，又是无奈的。下雨天，一个人听录制于1959年的豫剧，突然被一种叫豫剧的物质狠狠地打动了。虽然这种打动来得晚些了，但到底被俘虏了。人至中年再喜欢的人或事物，会喜欢一辈子，因为审美已形成自己固定的样子。

河北人接触的戏曲是京剧、评剧、河北梆子，以河北梆子最盛，家乡霸州是戏曲之乡，扫街的人腰里别个收音机都听戏。广场上很多拨唱戏的人，河北梆子气势盛，文武场有几十人，围观的有上百人，评剧几十人，也有武场，打起来也锣鼓喧天，京剧式微，只一把京胡，一个老人坐在法桐树下给唱戏的人拉。没有人唱豫剧。

有一次下到广场，看到一个中年女人唱豫剧，唱《花木兰》，没有观众。我站在她边上听了一会儿，她唱完了我负责鼓掌。

“你喜欢豫剧？”她问我。

我点头。

她是河南人，从小过来，但一张嘴，说话还有新乡口音。

“我想家时候，就唱戏，我们河南，人人都会唱豫剧，一有烦心事也唱戏，一唱戏，全忘了……”

还有一次去乡下参加葬礼。在河北农村，葬礼是要比婚礼热闹很多的。

死者是八十九岁的老人，在农村算喜丧。请唱戏的来让葬礼看起来更热闹。

那唱戏的也以河北梆子居多，高亢嘹亮。其中有个男人唱《大登殿》，唱得响彻云霄了，众人喊好，赏钱。

他们俩出场时有观众退场。因为来自河南，因为要唱河北人不熟悉的豫剧了。

他们跪在棺材前，开始唱，唱人的一生，唱离散，边唱边落泪，其中有一句：亲人啊，我们此生再也见不着了……所有人都静下来，没有人给他们喊好，但所有人全在擦眼泪，包括那些人至中年的大男人们。

他们唱了多久，我就哭了多久。豫剧有一种大美，在悲怆时可以索人性命。

豫剧，晚来相逢，却有旧友把酒的深意。

属于你的气息与物质，无论早晚，也会早晚复相逢。

素茶三言

* *

普洱是儒雅敦厚了一辈子的老年男子，香得厚道、沉郁，万里江山全化成了绕指柔，收敛从容，一如普洱的大气、低调，不露锋芒却自有锋芒。稍微年轻的人与普洱有距离感。T说：怎么像发了霉？她才23岁，还忒小。

老白茶过了七年便有药性。中年女子穿了麻质衣服，自己用炭火烧老白茶，冬天的时候会觉得温暖十足。老白茶是有了味道的中年女子，相貌靠了后天修炼，有了花开见佛的意味，老白茶自有一种不说自明的强悍，那节制里有放纵。何需再说从来佳人似佳茗这样的薄语？只需一个人喝到天荒地老。

枫给了我三年老白茶，那茶还需要光阴养着。T在上面写了日期，以为记。

花茶不算茶，茶之下品。茶即是茶，掺杂太多香气便去了本性。但街头上常有大碗茶，即是花茶，口渴时可以痛饮。

唯喜乌龙茶，特别是台湾高山茶——肥硕结实，壮丽逸人，味浓之余，香气盈人。那香气却又不俗，脚踏实地的欢喜，汤清得快清出水来，又入表又入里的好。我每日早晚都喝，又是跑到二大街与一老人同饮。他开茶店，只卖高山茶，谈谈书法、园林、雕刻、厨艺……一个下午的光阴就过去了。

T 来时，我们用金骏眉和正山小种加牛奶煮茶，再放了枣片，一屋子奶茶香。浓郁之下觉得奢侈极了。正山小种与金骏眉名字甚好。

为泡茶，我买了很多茶具，每个杯盏俱有莲花。T 说岁数大了才欢喜喝茶呢，她喝雪碧我喝茶，人至中年茶亦至中年，多好。

今年明前茶不好喝，仍旧喝老茶。去年的龙井还有，颜色尽失，泡了两次实在寡味，倒掉了。

喝太平猴魁时总想起怀素。那么张狂地活了一辈子，披了袈裟在狂舞，无论人还是字，鬼使神差地好，莫名其妙地好。太平猴魁就有这种复杂的气场。

多数时候，我喝铁观音。铁观音是家常男人，朴素之间全是日常，但日常这样的动人，可亲可怀。

老茶

*

*

一个老字，就把光阴全收了。

老茶，没有了锋芒、野性，没有了赤烈烈的生生死死，经了年，温婉中藏了饱满、坚韧。

那新茶，招摇得紧呢——总怕别人不知道自己有多年轻，总怕别人看不到它的锋芒。人生，处处是为了显露做准备。

明前新茶，碧螺春有吓煞人香的味道，龙井绿得像一场梦，太平猴魁张狂得明目张胆，一支叶子要十几厘米长，还嫌不够……我曾经多么迷恋这些张狂，正如迷恋宝蓝的衣、明黄的眼镜、杨丽萍的孔雀、怀素的书写……整个少年，都在听崔健，佐以的是饮料，是可口可乐，那也是必有的青春装备。

而老茶，一放经年。岁月收了它锋芒的同时，也把味道随手赠了。在茶人泡它的瞬间，与懂它的人相知相认相亲，刹那懂得。一口下去，没有悲欣交集，没有满口余香，只有那无法说清的熨帖和懂得。老茶是看透人间冷暖，收了余恨免了娇嗔，改了性情知了因果。它自成药，自成光阴，在入口的那一刻，终成正果。

在苏州，与友品尝了 30 年的铁观音。黑乎乎的一坨。早已尽失乌龙茶之味。然而，然而味道真的好极了。就着苏州烟雨，小桥流水，在紫檀木的老椅子上懒散地坐着，手中的莲湖盏里是杯老茶，一口下去暖心。再回首，药味醇香。甚至，舍不得回味，那昆曲的烟丝碎软都恰恰好了，就这样消耗掉一个美妙的下午。三两知己，老茶，也是这几个人的知己啊。

老茶孤独，因为没有知己，光阴赋予了它太多醇厚。左右四顾，无人照探内心的孤傲，索性一个人。它保持着孤傲的贵族之气，那份看似随和的孤傲啊，在懂得之下会瞬间崩溃。晚年俞振飞唱《游园惊梦》，人书俱老了，满脸的沧海桑田，唱起来没板没眼，才让人动容。看着这个快 90 岁的“江南俞五爷”，眼睛热热的，这款老茶，他自生炉火夜煎茶，一生的风雨腌制，把自己唱成了没板没眼的最高境界了。

一个人的时候，早上的时候，阳光打在旧桌椅上，散发颓散的光芒。那些桌上的物件：莲蓬、手卷、宣纸、印章、竹帘都有各自的安稳。每天早上喝茶成了功课，从绿茶、红茶、乌龙茶、黑茶、白茶，最后一站是普洱。多数时候，泡一壶老白茶，紫砂壶用了近十年了，不是什么好料，但因为刻了我名字，备觉珍贵。

包浆早就出来了，一个人，就着老白茶，放着余叔岩的《搜孤救孤》，临着褚遂良的帖，日子是素色光芒的。

有时候什么都不做，就坐在那张笨椅子上喝茶。那笨椅子是画家苓飞给的，拙极了，但好极了。一喝就是一个时辰，屋内安静极了，可以闻得到绿萝、铜钱草在呼吸，可以听得见那些书法名帖在说话交谈。

孤独吗？当然。但这孤独多么恰如其分，正好映衬这杯老白茶的饱满，《红楼梦》中贾母爱喝寿眉，我喝白毫银针有时也喝白牡丹。我和这杯老白茶之间有一段必要的孤独。当我们合在一起，我们彼此认知、各自懂得。

在南昌，遇见茶人 W。少年在上海入黑帮，打架、剁人……中年后隐居南昌，每日品老茶过光阴。那夜，品了 99 绿大树、紫黑票、紫红票，又品 88 青，又品红印黑票。他只喝老茶，且是老普洱。普洱是茶人最后一站。

“老茶收了我的烈性，我在老茶里，找到真正的自己。”W 看似温文尔雅，不似上海打打杀杀的少年，老茶给了他从容、淡定。

老茶不是爱人，更非情人，而是知己——懂得比爱更珍贵。不到一定年龄哪知懂得的可贵？那又黑又硬一坨老茶，怎敌那一杯翠绿得要溢出水的龙井？但喝了老茶之后，懂了老茶之后，一刹那被一种物质袭击了，那是绝唱《广陵散》，那是西汉的古陶，那是王羲之的《兰亭序》，没有咋咋呼呼，只有慈悲，只有懂得，只有不慌不忙之间，山河动摇。

一口饮了，天地清明，海上升明月，江上数峰青。

一个人的深夜，檀香袅袅。泡一杯老普洱，坐在窗边沙发上，看着满天星光，再无有年少的感时花溅泪，也无青春的恨别鸟惊心。与一杯老茶相遇，各自懂得世道人心，手边的纽扣菊淡淡地开着，几乎没有香气。就着星光，饮了热茶，让老气荡气回肠。

这样的夜晚，过了一个，又过了一个。人生无非是这样，活着活着，就老了。不自知之间，已成一款老茶了。

太平猴魁

*

*

魁者，首也。

太平猴魁实在担当得起绿茶之首了。

我第一次见到它的样子，着实是惊了的——怎么可以如此修长挺拔呢？怎么可以如此飘逸呢？ 5~7 厘米长的叶子简直像一片树叶了，一片轻灵的空盈的春天的树叶。

真惊喜呀！

煮了 90 摄氏度的水。选一个足够高度足够透明的杯子，根部朝下以最优雅的动作将水倒入杯中——这杯便是那太平猴魁千挑万选的妻——恰恰能增加它的高度，衬托它的威仪。

我看着那长长的叶片一点点舒展开。当然要舒展开——女人遇到自己最迷恋的男人，也是这个样子吗？慵懒的、舒展的、放肆的、尽情的。一定是的。它滚在水里了，它与水融化在一起了——它染绿了水，水也吸了它的灵性。

那叶片呀，犹如绿色的小蛇妖，悄悄吐着芯子，声声娇吟着，来吧，来吧。

我怎么会因了一片茶叶的形状而动心呢？后来我确定我是光喜欢外在继而迷恋内心的人，可见我的小虚荣。

美的东西谁不欢喜呢？我见过的茶中，太平猴魁算是最飘逸空灵的。像一个书卷气极浓的美男子，又淡定，又自如，自知很多人迷恋着他，却又不动声色。

只是在遇到那90摄氏度的水时，才彻底翻滚起来——那姿态虽然是飘起来了，却仍然意难平呀。

好的太平猴魁据说是要两头尖的，不散不翘不卷边。我用一个韩国的大茶叶罐才装下它们——那么一个小盒子里，算是流落了……

还喜欢太平猴魁的杀青。

我喜欢这两个字，特别是杀字，用得很凛凛。冷飕飕的——我一向喜欢带些凉气的东西，比如杀青是温暖的——当然要杀，那些在茶叶上过度的青涩，如一个人，不度过青涩的少年，如何知道妥帖温实的中年有多好呢？

杀青要用直径70厘米的铁锅。我看到男人们杀青，手掌贴在茶上，总是担心会烫到他们——离锅那么近。

却烫不到。娴熟地翻炒着，捞得尽，抖得开。至于以后的烘焙，我总觉得还是杀青较快意。

闲散的午后，是适合一个人泡一大杯太平猴魁的。只有孤傲才配得上寂寞，有些茶就太热闹了——适合乱哄哄地一起喝。这样俊美的茶，就适合有些寂寞的午后一个人喝，听着箫或者埙，足够寂寞，也足够优雅。

我对太平猴魁的一见钟情，像对一个男人的一见钟情，可真喜欢啊——安静地与它凝视着，相看两不厌。

它是我，是寂寞的一朵莲，过着禅意时光。我见它，是格外飘然的一个美男子，安静的，不动声色的，却把锋芒在入口的刹那，一下子展露出来。

其颜色之清淡，仿佛早春那抹嫩黄，其口味呢？我永远忘不了喝第一口茶的感觉，多么像初吻！明明是惊心动魄，却转眼什么也记不得了。是轻淡到几乎可以遗忘的境界。

这一定是好茶的境界——接近于天然，头泡还香，二泡味浓，我喜欢五分钟后的第三泡，近似天然。是情到深处了吗？我曾问一个男人为何如此犯贱地宠爱着他的女人，他的回答是不知道。

这真是一个最美好的答案了。就像你让我说出太平猴魁的味道，我一定发着呆，不知如何回答你呀！

因为，因为，喜欢到极致的东西，你叫我如何说得出有多想有多爱？

寿眉

*

*

寿眉二字真端庄、丽静。配起白茶来时是夫唱妇随的绝配。寿字本稳妥大气，忽然眉来了，又俏了，又心动了。凑在一起，便是荡气回肠的大好。

“那些太美的东西，音乐、画儿、茶……都让人伤心。”

一个人的下午，寒风冷彻，煮这款叫寿眉的老茶，放的是古琴《忆故人》，日影斑驳，照在从日本淘来的老铁壶和手工茶托上，莲蓬斜斜地插在集市上淘来的古陶里，茶的香气溢满角落。你忽然觉得寿眉也许是一个男子，人到中年的丰富与饱满，低调不张扬，却充满了无法言说的味道。

活着，寿眉是你的知己，你等待它与你缠绵在一起，在喝下那一口的瞬间悲欣交集——原来你也在这里。

喝寿眉的午后是清冽的，只允许一个人，有些时光不许别人染指的。这是你和寿眉的秘密——你与寿眉有一座桥梁，轻轻一跃便过去了，那座桥梁，你知，它知。

寿眉懂你。这是寿眉的不自知。那一屋子的茶香，那低眉的瞬间，那肺腑里的想和你说的话啊！相比较白毫银针，寿眉浓烈，相比较白牡丹，寿眉沉着。

那份沉甸甸的安静和贞烈是只属于寿眉的。整个冬天的申时茶我都和寿眉纠缠在一起，泡了又泡，之后用炭火来煮——着什么急呢？

人生有什么好着急的呢？我们的日常，也许只要这一箪食、一壶浆、一盏茶、一个人，足矣。寂寞吗？当然。孤独吗？当然。但恰恰好的寂寞与孤独，可邀清风明月呀，可对影成三人呀。

寿眉也孤独，它老得没有了年龄却有了味道，没有了硕硕之姿却有了飒飒风骨。

喝一杯寿眉吧，在将黑未黑之际，品一盏老茶吧，在人老未老之时。

那些被我泡过的寿眉又被晾到阳台上，宣纸上的寿眉卷曲在一起，它们和那些旺盛的铜钱草在一起，和日光在一起。后来我把晒干的寿眉又用炭火煮了一次，书屋里弥漫着焦糖香。我本来想下楼散个步，顺便去雪地里走走，但我没舍得走，那焦糖一样的茶香留住了我，我待在书房里，闻着寿眉散发出的老香，有惊天动地的满足。

白牡丹

*
*

白茶的名字就好，就见素。干净、雅致，似一个十分有内涵却又不动声色的女子，而白牡丹是其中一款，上面是单芽的白毫银针，下面是叶片制成的寿眉，中间这款芽叶部分的，便是白牡丹。

好鲜嫩的名字，一叫就听得到她笑似的，笑声里有轻浮浪蕊的欢喜，却没来由地让人欢喜。

牡丹是花开富贵，世俗人家墙上多挂牡丹，以红牡丹为主，白牡丹倒少。一少，就显出了孤媚清丽，画白牡丹的人也少，我每见画家涂抹那些壮丽肥硕的牡丹便窃笑，何况又上了红色、粉色？

所以荀慧生唱京剧之前叫“白牡丹”，那时他唱梆子，戏迷皆高喊“白牡丹”，生生的又妖又美，倾倒众生。这朵白牡丹，盛开时光华四射，凋败时花容不再——倒映了茶的本性。

白茶本就内敛、不张扬，而低调是它的属性，绝不豪夺人目，也不霸气十足。做牡丹，也做一朵白牡丹，颔首的同时，已把自身的姿态摆在那里了——不以颜色媚于斯。我是白茶，我是白牡丹，任凭别人去妒去说，以一身素白笑傲着江湖。

七年成了药。一款老茶，忒是动人心弦，何况一款白牡丹？七年之初，那时都还年少，醒时同交欢，饮的便是这款白牡丹。七年之后，还是这款白牡丹："永结无情游，相期邈云汉。"

茶，喝出了老意、古意、孤意，亦喝出了深情。它并非绝情，而是让光阴染指得有了一粒老心、一把老意，泡在水里时，终于重生。

那煮出来的药性、焦糖香，那弥漫于房间的茶苦茶香，那老白茶独有的孤傲与芬芳，此时，唯有同醉。老白茶是你，你也是老白茶。

人生，活来活去活成一款老白茶便好：不夺目，没有了张狂，但尽是时光之味，光阴把更丰厚的内涵随手相赠，猛一回头，看到光阴里煮着的时光，又老，又香，又有味儿。

那老了的白牡丹，是杨绛、张充和，是 103 岁还每天临魏碑写小楷唱昆曲的女子。她们活到最后，是这款叫作白牡丹的茶：人茶俱老，风烟俱净，饱满从容之际，老味儿十足，却又似少年，风日洒然，衣衫翩翩。

花衫：又花又衫

* *

京剧中，除了青衣的叫法，花衫是次好听的。第一次听到这个名字，是惊艳于它的好听。多么动人的两个组合。花，衫。慢慢念，有一种语调的韵律，跳动的，却也是动人心弦的。

它有青衣的沉稳和端庄，裹了青衣的大气与端然，又有花旦的俏丽与活泼，有这两样就足够了么？不够！它还有刀马旦的一身好功夫，武打工架上分外出彩儿……旦行里，唱念做打全活儿的只有花衫。

《贵妃醉酒》中的杨贵妃是玉环，够端丽吗？当然。够俏丽吗？当然，一笑倾人城呀。李隆基连皇帝都不想做了，就想在长生殿与这个女人白头到老。君不负我，我不负君。《穆桂英挂帅》中的穆桂英也是花衫，唱，一副亮嗓。天津京剧院的王艳演的穆桂英很靓烈，扮相也美。念，一吐玉珠一般的念白，绕了几个弯，再折回来，仍然是那样美。做，一举一动全是那飒飒英姿。打，见满场靠旗飞扬，飞扬到跋扈。

眼睛盯着，心里发着傻，这花衫呀，怎么这样迷人呢……是一个成熟的女孩子了，举止也行，品相也好，都好。不似花旦，略显轻浮，不似青衣，太过沉闷。花衫是那最适合让男人动心的女子，简直是要哪有哪了。

在梅兰芳大剧院看过李佩红的《穆桂英挂帅》。她是刀马旦出身，后来打不了，改唱程派。在所有程派青衣中，她唱功算是略欠火候，有人说："听着总像听歌剧。"

但那晚她十分出彩儿。因为不仅仅是单纯的青衣戏，《穆桂英挂帅》到底有功夫，她从前是刀马旦出身，加上程派的底蕴，演得真好。私以为，这是李佩红最好的一出戏，就像《陈三两爬堂》刘桂娟最好，《春闺梦》张火丁最好。她们俩如果演《穆桂英挂帅》，未必有李佩红好。

花衫不是诗，不是散文，而是一部小说。得慢慢写，慢慢读。不用着急，总会都展示出来。荀慧生演花衫演得好，《霍小玉》，一出场就媚死人了。看过荀慧生演戏的人说，荀慧生的媚劲，不是一般伶人能演出来的。

一是人长得媚。很多东西都是天生的，特别是相貌这东西。二是演得媚。荀派后来让后传人唱俗了，开始的时候，又媚又大气。采访裴艳玲时，提起荀慧生，第一任河北跃进梆子剧院的院长。"漂亮，一袭长衫，抽雪茄……老了，还是雪白的袖口，一看就和别人不一样！"

只恨生得晚，只当追梦人。在老唱片中听过荀老板声音，又媚又雅。绝不俗，不腻，不脏……带着花衫中特有的那种风韵和味道，听起来又岂止是绕梁三日呢？荀慧生早年唱河北梆子，艺名很艳丽：白牡丹，倒像一个地道花衫名，真是艳得从容又别致。

梅兰芳晚年演《霸王别姬》，身体明显发胖了，可是看上去仍然是婉转而旖旎的，仍然是一花不与凡花同。那虞姬，几多娇媚，几多凄凉，几多爱与哀愁……窗外风声凛凛，明知死期在前，一场舞剑，倾诉的何止是爱情？更是一个女子最后的离别。

再见了，我的爱人。她含泪而唱的时候你会为这样的女子动容，觉得爱她一场是何等骄傲。在生死一念之间，她愿意去赴死，只为了让你轻松上阵，把生的机会留给你。不知年轻时的梅兰芳如何演的这出《霸王别姬》，想来更会让人心折吧？也难怪那批梅党发疯一样追捧？四大名旦中，梅兰芳是毫无争议的之首。后来看四个人晚年合影，只有他，依然那样妩媚动人。

而年轻时的样子，倾国倾城四字形容不会过分……那黑白照片里，是比女子还要更让人动人的一个男子。中性之美的人，总有什么会打动人到心醉心碎。

电影《霸王别姬》是张国荣演绎的这段舞剑。据说他当年专门到北京来学。有人看到扮上相之后的张国荣说，"这就是虞姬。"毫无疑问，程蝶衣是张国荣此生最成功的角色，他把一个为爱而死的花衫演到了绝色绝艳。

那是最烈艳的一个花衫，生为爱，死亦为爱。从容地为一个男人死，除了爱，还有什么？

伯远帖

*

*

“如升初日，如清风，如云如霞，如烟，如幽林曲洞。”这是形容《伯远帖》。后，董其昌的跋这样夸它：“王珣潇洒古澹，东晋风流，宛然在眼”。

《快雪时晴帖》《中秋帖》《伯远帖》，这是乾隆“三希堂”的三宝。很多个意兴阑珊的黄昏，乾隆会一个人在“三希堂”发呆么？对着自己的江山画卷，把玩天下三帖——但，只有《伯远帖》有晋朝的余温，唯一的真迹，其他二帖，皆后人临摹，临得再像，亦不是原文，到底少了真味，少了气息。书法的气息远比技法更重要，那《伯远帖》是带着晋人情结和温度的，是有莫名其妙的气息在里面的。那种隔了千年还在的气场，乾隆是知道的。

我未见过《伯远帖》真迹，但我见过董其昌、赵孟頫、苏轼的真迹。2013 年 11 月，台北故宫，我被扔进一个时光的黑洞里，顺着河流和文脉往前走。我从碑帖、画册上看的印刷品，硬生生成为真实、咄咄逼人的出现。

那一刻我血液凝固。那一刻我内心沸腾。那一刻我热泪盈眶。

我羞于写出我见到真迹后的泪水。但那天我的泪水证明了，千年文字的气场，它们夹杂着时间的令箭射向我，我被击中了，不能动弹了。那是看印刷品远远没有的感觉，书法中的每个字都阴魂不散，在遇到对的人时会让她魂飞魄散。

伯远是一个人的名字，是王珣的侄儿，王珣又是王羲之的侄儿。王家每个人都是书法家。我亦姓王，我爷爷写书法父亲写书法，我也写书法。很多事情都是天意。

就像《伯远帖》有远意，像荒寒路上的雪霁飒飒，又似一款六堡古茶，一边想念着家里的亲人一边喝。然后给侄儿写封信：

“珣顿首顿首，伯远胜业情期群从之宝。自以羸患，志在优游。始获此出意不克申。分别如昨永为畴古。远隔岭桥，不相瞻临。”

情深意切地嘱咐着侄儿。颜真卿《祭侄文稿》也是写给侄儿……我亦有侄儿，貌英俊，但不思进，往往被家人呵斥。他却一心一意对我好，劝我老了回家乡去住，他必开车接我，还带着媳妇儿孩子……

我听了自是感动，但又为他前途渺渺着急。他也只是笑着说人各有命，侄子不知道《伯远帖》，但侄子说：姑姑，如果有人欺负你，我一定会打断他的腿。

那时，我正翻看《伯远帖》，心里突然一热。

奉橘帖

*

*

橘这个字太好了，有灵异的妙清，染了人间烟火，却又脱了人间烟火。叫“橘”比叫“桔”好听很多。如果叫奉桔帖就不如叫奉橘帖，轻浅了许多。

王羲之真是个有情趣的人，下雪了要写帖，家里的坟地让人毁了要写帖，给人送橘子要写帖……王羲之属于中年的美学，年龄长了，会在鸡零狗碎的生活中找情趣。程派名剧《锁麟囊》中，小姐薛湘灵是这样唱的：“也有饥寒悲怀抱，也有失意痛苦嚎啕。”

“奉橘三百枚，霜未降，未可多得。”就这么简单的12个字，却是清清爽爽的日常和人间情意。像回家看到便条：饭菜在锅里，自己热了吃……那样的温度是一样的。

三百枚。哦，好多。因为霜未降，还不是采橘的最好时机，所以只采了三百枚。暗自思忖：送给谁呢？三百枚，也是得几筐呢？还顺便写了个纸条，想想都嫉妒那收礼的人。

王羲之的《兰亭序》自是最好。恰如游龙，又有壮美阔丽，但论亲近，《奉橘帖》亲了许多。有家长里短的问询，貌似天冷加衣、不要总加班、吃得好一点……蓦然多了人间情意，而这人间情意才是山高水长。

浅红深岩，都不如一碗清茶来得更清幽温暖。所有的浮华终会褪去，与光阴握手言欢，就着秋天亮烈的阳光，去自家小院摘柿子。摘来的柿子晒在阳台上晾着，等它们软软的了就给朋友送了去。

“奉柿三十枚，霜已降，正甜。”

王羲之送橘，我送柿。他写字，我也写字，只不过隔了一千多年，但惦念一个人是一样的，人间情意是一样的。

那十二个字真端丽，说不出的大好。别人写不出这神龙见首不见尾的十二个字，那是只属于王羲之的橘子。

伍 * 光阴照夜白

有如候鸟

*
*

常常梦见自己飞。

有速度有光感有力量，还有一种虚弱和无可名状的性感。在夜空中飞，在星河里飞，在麦田里，在山川河流里，在无垠的时光隧道里，在你心里。

小时候看飞机尾气拉线，一直看很久，不知什么人才能坐飞机？后来每天辗转机场，对于飞行没有厌倦过——特别喜欢飞机起飞和下降的瞬间，心脏瞬间停止呼吸一般，耳鸣加上失重，片刻仿佛是只在黑暗中渴望光明的鸟儿。

极小的时候，一个人躲在菜窖中看过星空。北方的冬天严寒酷冷，我忘记犯了什么错误藏进菜窖。直到天黑下来，直到满天星空。不到10岁的我不但不害怕，反而十分迷恋那说不清的恐惧。这种特质一直延续到现在——一个人走夜路，或者长时间一个人住，都没有过恐惧感。

* *

有速度有光感有力量，还有一种虚弱和无可名状的性感。在夜空中飞，在星河里飞，在麦田里，在山川河流里，在无垠的时光隧道里，在你心里。

人群使我惶恐。

特别是熟悉的人群。我一下子会变得羞涩、木讷、迟钝，甚至看起来十分笨拙。一旦融入陌生人群，哪怕是几千人听我一个人讲话，会立刻变得妙语连珠、神采飞扬、气场强大，宛如另外一个人。我会把光阴给我的力量全部燃烧，化成时光之核电，瞬间绽放。

去看过大夫，是儒雅的中年男子，他说："你稍微有些自闭。"

"挺好的"，我说，"我愿意这样"。

轻微的自闭，少与人来往，多和花草树木来往，不轻易倾诉。在迈向内心的通道里，唯有自己持有一张通行证。

更多的时候选择游走。一个城市，又一个城市，更多的城市。像飞鸟，永不停歇。像那些擦肩而过，此生不再交集的人。那些春江花月夜，喝醉唱戏，深情倾诉，明日各奔东西；那些永远刻骨铭心的瞬间——在长安，在去华阴的路上，郭三弦老师给我唱华阴老腔："去年今日此门中，人面桃花相映红，人面不知何处去，桃花依旧笑春风。"

是早春，才三月，柳树还没有绿，可是已经闻得到春的消息。我忽然哽咽得难忍，看窗外的华山掠过眼前。

在华阴，"白毛老人"又唱这一段，80岁的老人了，唱起来地动山摇——他久已不唱，但一唱眼里就有泪。我亦有泪，扑到镜子前哭。这是丁酉春天的三月一日，唐诗中的悲欢离合延续一千年，还是那个悲欢离合。

丁酉初夏，我去隆福寺上香。长头磕下去，见天见日。

《心经》上说："不生不灭，不垢不净，不增不减。"

在寺院喝禅茶，是朋友带的莲心茶，苦而涩。大殿中传来唱经的声音，是僧在唱《金刚经》——无所从来，亦无所去……一切有为法，如梦幻泡影，如露亦如电，应作如是观……我只觉得两行热泪下来。小半生已过，一直在路上，如候鸟来来回回迁徙。

记得小时候和外婆去住她姐妹家，她们姐妹聊天，一说一个晚上，我蒙上被子睡觉，只觉得聒噪。但犹记得一句话，外婆说想去城里的庙会上去看看，她长到这么大最远才去过 50 公里的地方。她的妹妹便说她的梦想小，自己想去北京看上几眼……

我那时不过六七岁，觉得远方是个神秘的物质，将来是要去远方的。

收集了很多张登机牌，满满一大包，那是飞翔的证据。

翻看凯鲁亚克《在路上》，他说："我一辈子都喜欢跟着让我感觉有兴趣的人在一起，因为在我心目中，真正的人都是疯疯癫癫的。他们爱生活，不露锋芒，希望拥有一切。他们从不疲倦，从不讲些平凡的东西，而是像奇妙的黄色罗马烟火那样，不停地喷发火花。那些火花是蓝色的、性感的、蛊惑的、说不清的。有多少人一生是为这些火花活着？他们奔波、追逐、永不停歇。"

朋友 M 已经是三个男孩儿的母亲，她在遥远的青海，在一个县城做微商，兜售那些青海的特产……以为那些梦想死了吗？曾经她也辗转在机场高铁，曾经也奔波在记者的一线。

有三个孩子的她站在紫外线极强的高原上，精神铿锵，骨头上开花，穿着42块钱的球鞋，梳着马尾坚韧地活成了一朵花。那些让人动容的野草从不娇嫩，风雨中涤荡出万千风情和精神强度，用双脚和双眼丈量生命给予的孤独和生活的分量。

甚至那些轻微的邪恶，那些无以诉说的生离死别。它们在飞翔的路上一直相随。不离不弃的还有那苔藓一样的孤寂，一片，又一片。

它们成了海洋，在心中波涛汹涌，最终化成巨大的甜蜜和绝望，用来席卷时光。

特别迷恋一个人在路上的时光。飞机、高铁、汽车、拖拉机、自行车、牛车、马车，什么样的交通工具都尝试过。陌生的城市、县城、小镇，陌生人的微笑、哭泣、花朵、倾诉。

真好啊，那迷人的陌生。常常游荡在这些陌生街巷，在街边吃苍蝇馆子、大排档，然后不停走啊走。看花、喝茶、拍照。享受那些单个的孤独，经过这些陌生的排列组合，有了说不清的味道。

也遇见陌生的迷人男子，并不交换姓名，在落雨的咖啡馆中喝一杯咖啡，说一些艺术、茶道、这个城市的天气。各自微笑着离去。

这样的邂逅有很多，想起来时心里有惊鸿。

有人说如果人死了，她去过的地方，她的魂灵都要再走一遍，于是暗自算了一下，那魂灵要累死了——走过万水千山了，我该如何安顿那些不安分的魂灵？那些陪我走了千山万水的魂灵？

经常会被问到最喜欢哪个国家、哪个城市，对这样的问题总是茫然。

有一年在京都，仿佛遇见自己的前生似的，第一次动了想老了在一个地方住的念头，但只是一个念头。能在一个地方住多久呢？在路上习惯了，慢慢产生了一种惯性——有时居然只有在酒店中才能睡得着，有时醒来要努力分辨是在哪个城市。

这种分辨让人有依赖感。分辨的快乐无人能解，在路上的快乐不被人知。

有时候在山顶一个人长啸，有时在大海中游荡。有时在北上广这样的城市纸醉金迷，有时隐居在终南山和武陵源。

时间偶尔乱了秩序，分不清方向，就这样一直向前。有时甚至舍不得撕去行李箱上的标签。行李箱用坏了四五个了，大多机场长相类似，飞机落地一刹那是镇定又是喜悦的。

这样便把时间不断延展、拉长，也曾试图停下来，会产生不适和疼痛感。有两年得了腰疾，但仍然坚持在路上，仿佛行走是力量和治愈，可以缓解疼痛。

无法理解一辈子没有出过小城的人。

山水也是如来，是经书，要用心去量才能回首凝视自身。

去山西看过很多雕塑和壁画，很多壁画是六朝乱世所画。那女人的微笑淡定从容，明日不知生死，也许倏忽永隔。于是微笑，那是对人世间无常的敬畏和藐视。

还有露齿菩萨，那牙齿真美啊。眼中光中有渺远、肃穆，还有宗教

时间偶尔乱了秩序，分不清方向，就这样一直向前。有时甚至舍不得撕去行李箱上的标签。行李箱用坏了四五个了，大多机场长相类似，飞机落地一刹那是镇定又是喜悦的。

般的端然。

很多人、很多事情都一样啊——既觉悟于生死一念间，又一生一世一往情深。没有办法啊。肉身迷离——我们爱这男男女女、声色犬马，我们又爱这刻骨的寂寞和销魂的孤独。

那土耳其的以弗所，遗址间有广大阔朗的慈悲，还有柬埔寨的吴哥窟，尸骸般的石头无与伦比的动人。在时光中，有人被磨难成了传奇，有山川被雕刻成万物慈悲。

有时和从小长大的朋友、同学在一起吃饭，有说不出的局促和尴尬，不知说些什么，脸上堆着想讨好的微笑——那谦卑之气是江河山川所赠，有固定的美意。

“世界不过是所有人一起做的一个梦”，年龄越长，越喜欢行走。

在行走中，人和时间都是渺小的，在渺小中，又能找到时光的伟大。那伟大来自于宇宙空间——以为走过的万水千山不过是地球上千万分之一。

而在山水和时间里，在红尘城市中，最迷恋的还是人——人的温度、人的精神、人的光泽、人和人莫名的神秘交集。“人的思念，到最后永远还是人。”

我在千山万山、千水万水间去找人，这寻找的过程真迷人啊。各种各样的人，有光泽的没光泽的，不堪的、挣扎的、得意的、失落的……在万千面孔中寻找活着的圣经。那些脸真让我迷恋啊——有的转瞬即逝，有的铭心刻骨。有的刹那永生，有的照山照水。

我回忆起刚工作时在小城，以为此生会留在那个小城了。单位门口有两排小白杨，细细的，还有一个烧饼摊，还有空旷的麦地和无穷无尽复制的时间。

而我仿佛等不到小白杨长大了，也渐渐厌烦那单调摇摆的电扇和永远打不完的扑克，还有单位食堂单调的油条和豆浆。看着窗外的麦田和原野，还有更单调的风，我决定离开。并且，再也不要回来。

长期待在一个地方，会让我莫名恐惧。我对机场和高铁的人流深深迷恋。他们行色匆匆，但每个人脸上有说不清的“在路上”的表情。有很长时间我迷恋录这些小视频，在旅途中的人群进入了我的镜头，他们生动、芬芳，散发独特气息。

有好长时间喜欢听鼓声，优人神鼓，一声声似要击碎时光羽片。

在鼓声中，想起林怀民的云门舞集和赵梁的《双下山》，对开在骨头上的绝望和孤独总有迷恋。

有一日和赵梁在正乙祠楼说话，他的长发垂到腰间，眼神坚定复杂。

“我用舞蹈在飞翔。”

每个人的飞翔方式不同——我用文字在飞翔，它们是我的候鸟啊，我把它们派往南方，又派往北方。

它们飞啊飞，飞啊飞，穿越我的神经末梢，撩动那些深海往事，把奇妙的时光穿成串，在阳光下晾晒、风干。所有的堪或不堪、光荣与梦想、徘徊与迂回，我的心，朝向万物开启，万物有深情，我有真情——像北宋山水画，山水间皆是冷萧嵯峨之高古之气，仿佛不食人间烟火，但看到底，还是里面躲着一个人，等着千年之后的我们，一眼辨认出。

朋友的奶奶快 90 岁了，去看她时满脸喜悦在试自己的寿衣，从容赴老赴死的眼神，“视死如归”。

她说寿衣真好看，花红柳绿的，假如平时也这样穿便是极好看。我便鼓励她穿，她笑了，居然还有羞涩感。

请让我继续保持对时光的一往情深——犹如少年，犹如老年，犹如山河，犹如草木，犹如候鸟。

请让我坚韧地在时光中任意蹉跎与等待，请让我活成时光的间谍。

“我有明珠一颗，久被尘劳关锁。今朝尘尽光生，照破山河万朵。”

在清晨，写下这样的句子，沏了一杯咖啡，听着窗外的喜鹊欢叫，厨房砂锅中煲了汤，菖蒲绿油油地长着，樱桃、杏儿、荔枝……

正是初夏好风景，朋友发来了去银川的机票信息，行李箱上一个封条还没有撕去，不过是几天前，这样一想，眼神中飘出一只小鸟儿，飞向了时光。

未成曲调先有情

* *

人至中年，一切喜欢素淡了。菜要清淡，花草要素朴。有一段时间只养菖蒲——汉代的老砖瓦中养着那一片又老又苍绿的菖蒲。

突然想起少年时读过的一句诗，是写菖蒲的，印在明信片上——“从纯白到蓝紫，仿佛诉说着我一生都在向往的故事。”

那张明信片已经快有 30 年了，上面还有邮戳，我给它镶了个小镜框放在我的茶室中。我的茶室叫“听雪庐”，里面有很多收来的坛坛罐罐，还有菖蒲，还有老唱片、老茶，还有人至中年删繁就简的我。

衣服从前喜欢明黄和艳蓝，现在只穿黑白灰。从华丽丰缛转为贞静素淡，连文字也清简干净到没了形容词。

* *

每个字都是在裂帛上刺针，仿佛时光之箭逆向穿梭，仿佛我一个人立于春天的悬崖，等待这凝固了的春天。

古人说：后生好风花，老大即厌之。

不喜欢热闹、凑群、群居。多数时候一个人待着：餐霞、卧雪、兰亭、盘谷、静幽。年华相遇，领略时光之味。前几日去长安拜访文坛老妖贾平凹先生，二人散淡说话，说戏曲、收藏、来生、前世、书法……

不知不觉三小时，先生说："小禅，我们也许上一辈子就认识哩。"我听得耳热心跳，桃花流水，各有法门。不知不觉写了近30年，《那莲那禅那光阴》是第三次再版了，无意间取的名字，但恰是天意。

丁酉二月十三，懂易经的钱先生为我看命，说从46到76有30年大运，又说花开富贵，只言命中缺水，但又叫了雪小禅。"雪"就是水啊。钱先生说：齐了，好好写吧。

在长安去了华山脚下的华阴市，去听华阴老腔。王振中先生是华阴老腔第一人，江湖称"白毛"老人——眉毛头发全是白的。80岁了依旧在唱。

我坐在他面前，看他手抱月琴，他问：姑娘想听个啥？

我说您随便唱。

他低头弹月琴，越弹越快，然后用悲壮的声音唱起来："去年今日此门中，人面桃花相映红，人面不知何处去，桃花依旧笑春风。"

每个字都是在裂帛上刺针，仿佛时光之箭逆向穿梭，仿佛我一个人立于春天的悬崖，等待这凝固了的春天。

他第一句刚唱完，我便热泪盈眶了。唱到最后一句，我掩面而泣。

这四句话刻到了我的骨头上，而那几声铿锵月琴，是未成曲调先有情。

而我，愿意怀着精神的明亮和赤子之心，一笔一画写到老，我煮了字，且渡己且渡人，我等你。

我愿永远被你猜不透

*

*

我愿是光，逆光。你需要眯起眼睛努力看，但仍然黑茫茫一片。我又是金属，有不固定的属性，冷硬之外，是精神园地的光泽。我是植物，光合作用之下，闪现了说不出的姿态——我有时风情万种，有时沉默如钟，我偶尔在山河万朵里淹灭，偶尔刹那绽放出光芒。

请原谅我喜欢黑夜。黑夜中，我是一只冲向更黑夜晚的鸟儿，独自鸣叫，独自幽欢。真好啊！这莫名或不莫名的孤独，这立体或单一的孤独，它们复制了十万个，排山倒海而来。而我负责歌颂，用美妙的喉咙——请允许我在黑夜用声音点燃孤独。

此时我唱《春闺梦》，此时我唱《梁祝》。什么能比孤独更奢侈？

我毕生追逐着这种奢侈，一万年不动摇。家中的花花草草坛坛罐罐分解着我的孤独，又加速着我的孤独。我和它们说话、倾诉，它们懂我。并且赞美我这纷纷的孤独。

山本耀司曾说：“我在女人身后追赶着她，如果她转过身，一切都将结束。正是这个原因，我只是追寻，追寻女人的背影。”

我是那个女人吗？永远有背影的女人？或者，永远模糊不清的面容？说不清的含蓄、羞涩、任性、坚韧、柔软、暧昧、饱满、残缺……

我有时是终日里漫游的白云，极目苍山外的春江花月夜，我有时是一帧宋元山水画，残山剩水间，有比时光还久远的一派天真和苍老。更多的时候，或许是古画中闲逸的一笔，一番寂寥况味就那样飘逸出来。

多好啊——连我也猜不透我，我试图拿出时光的放大镜，却发现它在光阴中碎成粉末，有好多时光扎得我流血，有好多时光又像翠鸟鸣叫，绿色的叫声迷惑人好多年。

更多的时光像哑巴，被安上了密码锁，连我自己都忘记了密码。

听《山中思故人》，在灯下临古帖，哀伤中热泪盈眶。自重自持自临帖，在不动声色中完成最隆重的怀念。

我愿在时光中大音希声、惜墨如金，在惊愕之余已收山而去。一个人听古琴可以听出古意和远意，仿佛万朵桃花跌入山谷，随水而流，那空灵、深邃，荡入我的神经末梢。它们在文字里再次活过来，张力十足地复活。

有时我过分宠溺时光，让它肆意挥洒——丁酉春天，我一个字没写。就那样在山河间走啊走，仿佛时光没有尽头，仿佛时光是十万残荷，凋敝得让人猝不及防。

我又宠溺着自己的文字，让它们去谋杀时光，让我保持一个少年的样子怀念，不停地践踏那些回忆，然后淬取出最纯粹最干净的那一部分，悄悄吞服——有很多光阴，我必须一个人服下，并且，永生不说出它的样子。哦，不告诉，我不告诉你。

“我对那些卖弄风情的女人丝毫不感兴趣。”想想两年，我穿同一款灰色球鞋，48 块钱，背一帆布包，从南到北，从东到西。上电视也是这双鞋，去讲座也是这双鞋，走遍万水千山也是这球鞋。后来一个叫草莓的女孩子一定要收藏这双走遍了千山万水的球鞋，我给了她。但又买了同款，仍然灰色，仍然 48 块。

这双球鞋看见了我光速一样的孤独，海洋一样的悲伤，樱花绽放般的喜悦，还有那被包裹得极好的性感——请原谅我对那些暴露的服装没有兴趣，那试图的勾引多么失败。

真正的性感是羞涩、含蓄、含而不露，是高级的不动声色，是在黑、白、灰的隐藏中有一片火山。是冬天隐忍的梅，是浩浩渺渺、空旷、野性，是欲说还休，爱上层楼。是宽大飘逸白衬衣中，那颗自由羞涩孤独的灵魂。

厨房里有颗生动的灵魂。长时间或更长时间，我晃荡在厨房里，厨房有说不出的性感和温暖。这是多么诱人的秘密。那光泽是女性的，是立体的，是充满了食物复杂味道光芒的。

在绿瘦红肥间炒出几个雪氏味道的菜，在几个小时的光阴中煲一锅老汤，期间唱着戏听长书。

小满那天的菜谱生动啊。

小满未满，细心做了黑椒三文鱼、龙利鱼、太湖银鱼、煎白蛋，又煎了龙虾鱼肉球。哦，还有扇柱，汤是鸡蓉玉米粒汤，甜品是雪山紫薯，冰冰凉……盘子用了日本淘来的黑盘子，磨砂的光感，勺子是景德镇手工木勺，面对一柜子器皿，我脑海中想象以什么菜品来配？

厨房里的器皿是贴心的情人，洗刷它们时，有生动的快感。每次出差行李箱中，总会带回盘子和碗。朴素的生活并非不奢侈，而是更奢侈——朴素的光芒永远是奢侈品所衍生不出来的。

我刻意保有对这些器皿的敏感和执着：云南的陶罐、四川的粗碗、日本的茶具、泰国的木制品……它们是一种生活姿态，以朴素优雅笨拙的样子展现生活的迷人和性感。

在厨房中，我会安心，以一个厨子的认真对待菜品。你说喜欢我穿着碎花衣裳在厨房的身影，我也喜欢。

我还喜欢在园子中散步、游荡。搬了新家之后，园子幽美、清静、空灵。晚上只几个人在散步，没有了广场舞的热闹和喧嚣，没有了大众的热烈和吵吵嚷嚷，连空气都清冽了起来。

每至深夜，园子仿佛是我一个人的园子，我一个人浅吟低唱，我一个人游园惊梦。

园子里的四季被我画进了时光里。

在春天，杏花开了梨花开，我站在花下曾经泣不成声。且与花说，且与花语。花朵用销魂的离别安慰我的绝望和悲伤。在夏天，我在池塘边看睡莲，煮了老茶，看夕阳落下去，那绽放出来的余光点燃那些相思和想念。

将进酒，杯莫停。

秋天的园子真美啊。秋声中，在雏菊里独自地笑，山河万朵，每朵都刻骨铭心地寂寞。在冬天，池塘中有寒鸦，有鹤影，有纷纷扬扬的大雪。

我站在湖边，背影孑孑，所有心事封存，用时光窖藏，连自己都忘了回来路——请让所有一切销声匿迹，请让值得的瞬间刻骨铭心。

园子成为我的知己、情人、陪伴。更长的时间我停留在园子里。那条小路有多少块砖我亲自数过，开满了石榴花的窗口我站了很多次。大朵大朵的月季花被我一次次路过、拍照，我嘲笑着它们的没心没肺，它们嘲笑着我的百年孤独。

可是，恰恰好。

恰恰好的园子遇上恰恰好年龄的我。太年少了，我担当不了它的丰富。太老了，我享受不了它的风情。此时，我们相互映照，相互温暖。在某个合适的瞬间，我在星空下，提着自己庞大的孤独，涕泪滂沱。

那些灰飞烟灭、那些哀伤、那些痛楚……都化成高贵的平静和花开富贵的笑容。

我尊敬那些尝遍人生百味的女子，从不展示自己的伤口，而是优雅地穿上旗袍，鬓边别一朵栀子花，在最坏和最好的时光里，煮一款 30 年以上的老茶，以最优雅最隆重又最有仪式感的姿态，款待时光，款待自己。

山河万朵，我愿最独持，永远猜不透，永远以最谦卑的姿态，骄傲、寂寞地活成那唯一的、不可琢磨的样子。

独孤茫茫

*

*

天要下雪了。冷。寒栗。

阴郁的天空像交响曲雄美的结尾，灰色呈现出了高贵冷硬的性感，恰像此刻的孤独。

孤独吗？当然。必要的，甚至是刻意的。

一个人走在茫茫旷野上，树枯了、河流冻了、大地空旷、天也寂寥。哦。恰恰好的孤独，像一粒子弹迅速击中心脏：疼，却充斥着高潮的喜悦——你居然迷恋这旷世的孤独。

哪一种孤独不旷世？贝多芬不需要听见，三岛由纪夫不需要懂得。所以陈子昂在忘川之殇慨叹：念天地之悠悠，独怆然而涕下。那是多么瑰丽的怆然，一千年，一万年，孤独未变。穿过那么多人群看见你，就像看见了孤独，而孤独是我的亲人。

五月，长江边，一个人看水鸟。

手里多了一支烟，并不吸，让它慢慢燃尽。

烧给长江，在长江边放了风筝。

十月，过长江。南京，看无数船只在长江里如蚂蚁，我对身边人说："你看，长江。"

十二月，黄河。《秋千架》中的喜芽暗恋一个男子，一个人在黄河边跳舞。雪落黄河静无声，看着对面江火，听着船夫唱花儿，珠泪滚滚。

那些恰当的必要的孤独，细菌一样蔓延，连骨头缝里都是，但开出了诡异的花，有邪恶的毒——你说，为什么那么喜欢孤独？就像喜欢秋天的残荷、冬天的旷野、倪云林的画、李叔同的修行……

密不透风的孤独、喜悦的孤独、亲人似的孤独，天地悠悠，有恰好的孤独陪伴。

那一年，日本京都。站在桥上看水中红叶向东流，桥上有一棵树，疯了似的落叶，急忙地、迫不及待地落，像一场思念的雨。

此时，你在疯狂思念谁？思念是更大的孤独啊。体积、重量、属性，这思念的孤独，是一江春水，是京都这雨落一样的枫叶，红得惊天动地，于无声处的惊雷，那个被思念的人听到了吗？

而，什么能抵得上内心孤独的风暴？是铁马冰河，是冬雷震震夏雨雪，是不动声色中的银瓶乍裂。如果没有孤独，是纸一样的单薄，没有了支撑，也没有了力量，没有了一往无前，更没有了内心的山山水水。

此时，我坐在窗前等雪，来映衬这可爱的孤独。音响里放着瑜老板的《搜孤救孤》和《击鼓骂曹》，最近一次见瑜老板是在一个小型演唱会上，我们合唱了《武家坡》。很久没唱了，串了词，她低头笑……

喜欢听她唱老生，《洪羊洞》《四郎探母》《沙桥饯别》……里面的孤独意味迷人啊。一个女子演老生，身上没有飒飒黄沙般寂寞气息怎么演？

在北大戏曲研讨会上，一扭头，看到她正呆呆地看着窗外，我喜欢这个迷人的瞬间。恰好的孤独才能点燃艺术的柴，一旦引爆，是终生的癌，不治。

亦不需要治：请让我保持低调的高冷，请让我有浅灰色的抑郁，请让我暂时远离喧哗的人群，拎上箱子，一站又一站去远方。

只要在路上，只要在旷野，只要有陌生与孤独——啊，那深层的愉悦与快乐，不为人知。私密的、巨大的秘密，是与孤独独处。

天地茫茫，悠然涕下，仿佛王羲之的静幽、怀素的狂野、黄公望的痴心、八大的绝望、徐渭的疯狂。这么多的光阴，只嗅一下，哦，同类。我们推杯换盏、我们秉烛夜游、我们雌雄同体、我们抵足而眠。

春江花月，大雪终于纷飞，扑人面。我准备好了，与孤独私奔，来一场天荒地老。去雪地里，和曹雪芹讨一杯红缨酒。不发一语，任孤独如好雪片片飘下，不落别处，单落我心。

白马入芦花，银碗里盛雪。这是清凉凉的禅意，好写意的一笔。

朋友赵梁是舞者，导演了《双下山》《幻茶谜经》《警幻觉》，每次看他的演出现场都像被洗劫一般。

是的，洗劫。掏空了啊。

那跳的是中国式的孤独，是北宋山水南宋花鸟元朝的寂寥。

跳舞跳出的是绝望、孤独、宗教，是寻找来世。

孤独是白马，独自穿过梦的空间——我坐在窗前数过月影，沙漠中听过风啸，悬崖边看过松涛。那所有的万籁俱寂，都含笑出一朵花，有轻微的毒，邪恶、颓散、迷人。

请让我独自孤寂。一个人在冬天的旷野上，一言不发。面对枯寒的枝、残缺的天空、空旷的大地，发出诡异的笑。如果一个人没有绝世的孤独，怎么可能有绝世的骄傲？

雪终于落了下来。煮了最老的茶，听了最老的戏，穿上厚的外套，我准备去外面走走了，我准备和一个叫孤独的人，劈面相逢。

与自己发生爱情

很多个深夜他们交流。

关于戏曲、爱情、性、光阴、艺术、春宫图、喝茶、听戏、喝酒……彼此仿佛另一个自己，不断深入地说。

人到中年难遇知己，一旦遇到，一定是灵魂相似，彼此都看过万水千山，也曾刻骨铭心，也曾云淡风轻，见过大世面，并且怀着更好的慈悲心面对人世间。

他推荐剪纸、秦腔、华阴老调给她，还有深藏在民间的蒲剧艺人。

她推荐老伶人、交响乐给他，彼此相知，并无隔阂。

有些问题刀刀见血，也说了实话。

“你试过和自己恋爱吗？”

“当然。”

那燃烧的黑夜里，没有年龄没有性别。哦，这一刻我雌雄同体，这一刻我亦男亦女。热闹处毕竟是俗气的，他们的光芒都低调而有照耀感——经历过人世间的宛转，也见过大富大贵，对旧物和时光保持着惜物之情，谦卑之外是几分散淡傲骨，别人轻易不能看见。

生活成为最大的信仰和宗教，无论什么时候都迷恋爱情。

在光阴中驯养自己的见识、品位、格局，她是蔷薇，他是猛虎，仿佛两个人在另一个宇宙里对话、飞行、穿越。没有人能听懂——有一种性，远远超越爱情、友情、亲情，是与天地的深情在一起的。

他们爱星空、天地、光阴胜于爱情，他们爱自己的灵魂与身体。

是更深的照见，激起对方更多敏感。

他问：“你期盼和谁聊天？”

她列举：“陈丹青、黄永玉、沈从文、王世襄、你。”

他说：“真好。”

谈话，需要对手。好长时间没有对手，她独坐天地光阴里与古人对话。有时是八大，有时是徐渭、王维、石涛、黄公望……她真想跟着黄公望去给人看相、占卜，然后游荡在富春江附近。那是他一个人的江，也是几百年之后她的江。

她的心里住着一个男人，这个男人也是她自己。

“无负今日”，这是梁启超写给女儿的话。

无负很难，但他和她活了别人的八辈子。有时是少年，有时是老年，有时 18 岁，有时 80 岁。他们是灵魂隧道中的持灯人，彼此照见、懂得，一眼洞穿彼此的雪红雪白。

我说他是九人合体，那些戏曲、建筑、设计、书法、茶围绕在他周围我周围，每一个瞬间都是性感的。这样的性感真要命。他是十八岁的少年，我是十七岁的少女，又有一颗老心，在沸腾如火焰般的夜晚诉说艺术之性感迷人。

这一刻，他们爱的都是自己。

与自己的爱情，更真实、炽烈、恐怖，不需要更多诉说，一口老茶、一段老戏、一行诗句就达到高潮。在那里，看到复杂而单纯的自己，一脸稚气又一脸老气，仿佛是少女又仿佛翩翩少年。

你与你合为一体，就这样绽放着，每一秒是一个光年。热啊，心跳快啊！——还有谁能懂你，哦，你的身体是个仙境，你的灵魂更是个仙境，不要节制，只要放纵，爱一生不够，要三生三世。

就这样地老天荒地爱着你——爱上自己，是一幅大写意，泼墨啊，肆意啊。惊心么？惊艳么？那些日常热爱的每个细节都能点燃你，刹那引爆。

这一秒是发光体，是宇宙，是星空，是河流，是山川，是天地之间相爱的洪荒。这轻微的战栗，这邪恶而放肆的刹那，释放出可生可灭的能量。多么美，多么好，多么邪恶。日月同辉，映照那些爱过的人、事、物、宗教、日常。

是那些器物、花草的灵魂在身体里也发光啊，那些读过的草莽之书、爱过的邪恶，像罂粟一样安静地开着。

她可以一个人待到天荒地老。哪来的孤独啊——全是欢愉，请给她一支烟，当作性感的道具。请给她时光中的蕾丝、黑色、花朵、海洋，还有那些好看的春宫，不需要同赏。

她一个人看得静水流深，那是最深的无奈与悲情，用身体的火焰驱散时光的孤独。真好啊，此时，她狂热地爱上自己——从指尖到心脏三万英里的距离，几亿光年的想念，都能听到山呼海啸的声音，那是身体和灵魂的交缠，荡漾啊。

大卫说，腹部种着十万亩玫瑰，爱一个人舌尖上的小剂量毒，还有那些忧伤、阴郁、天真、可爱……她终于活成无影无踪的风。

她遇见一个摄影师，八年前在成都宽窄巷子为她拍过一组照片。那时她不到100斤，173的个子，走起路来脚下有风。阔腿牛仔裤、骷髅的领带、球鞋、素花黄衬衣，戴着廉价的项链。

他只有一个卡片机，却留下了她那时的青春。每个细胞都年轻，充满了欲望。但是又有说不清的东西在眼神中，那时她的心中充满了爱情。

八年后，摄影师又找到她，十几万的相机。

正月初七，在屋内拍摄。阳光很好，她穿了一身黑衣，眼神坚定、悠扬。八年的光阴在她身上堆砌出一种力量，这种力量真迷人。

她靠这些力量变得通透清亮，又飞扬又沉敛，又清澈又邪恶，又复杂又简单，又单纯又深刻。哦，这速度的快感，这一个人的袭击与被袭击，这山河岁月的无定骨，这赤裸裸的诱惑与被诱惑。

刹那了悟，不生不死，不垢不净，明心见性，指到内心的光芒。这样的光芒，只有少数人能看到。因为散发得幽微而有力量，是辐射，是静静的幽幽的穿越一个人的精神海洋。

与自己的爱情，不到一定年龄不可有，没有一定见识的宽度和阔度不可有，没有性灵不可有，没有前世今生的遇见不可有。有了，就一个人好好地爱，这每个刹那的激情都是别人的一辈子。

这分分钟的爱情，从发丝、指尖直接传到灵魂的壳中。来，来，你来找啊，那个提灯人，便是一生之知己。

灿烂黑

*

*

丁酉年的时光里，大部分的时间我只穿一个颜色：黑。

但好像还不够的样子，总嫌不够黑，不够彻底，不够穿透。

衣服、帽子、手套、鞋子、袜子、包。我能想到的黑，无一漏网，从春天穿到冬天，一步步紧逼。从来没有这样一意孤行，仿佛绝望，仿佛铺天盖地，仿佛无边无际。

十几岁时，坐在宇宙星空下，用竹竿去够天上的星星。

大雪茫茫的黑夜，压抑、性感，一个人提灯夜行，去接下夜班的父亲。从小不知恐惧的少年，渴盼天黑。

中年，一个人深山里夜行，想起范宽《溪山行旅图》，古画中，所有人在山川河流面前都是微小的，一个人行走。古画中有深不见底的黑暗，大雪纷飞的夜，一个人才形销骨立。

如若来世，我不穿白衫，只穿黑衣。

* *

也许人生就是一场短暂而茫然的烟花烧——哪有那么多的欢悦和感激呢？多数时候，一分一秒度着这无奈的光阴。真实的人生，是一笔笔画着骨灰盒中的落日。是活着，是用日常的庸俗战胜内心的庸俗。

黑才是永生花，是最冷艳的性感，最神秘的色情和压抑，是山本耀司的秘密和川久保玲的法宝，是“烂游叠赏，莫知厌足”，是繁花似锦下的冷峻的艳，是甜腻和柔美的对抗。

沈从文的文字泛着淡雅的灰，一片湘西的灵性和鬼异；梁实秋的文字底色是粉色的，闲雅风趣；张爱玲是苍绿的，永远潮海压抑；老舍的文字底色是月光白，飘逸有趣；孙犁呢？略显苦涩的褚石色，像石涛的画；只有鲁迅先生是黑压压的黑，黑云压城的黑，透不过气的黑——决绝、冷峭、孤仞、片甲不留，全是铁骨——陈丹青先生管鲁迅叫“大先生”，这个“大”字好，因为黑，所以大。

书家中颜真卿是黑色的，画家中徐渭是黑色的。让时光折射出了黑色的光芒，可以灼伤眼睛。力透纸背的黑色，最有风骨的黑色，不肯花红柳绿的黑色，自带光芒的黑色，骨头上开出铿锵之花的黑色，多年前原本是我最厌烦的一个颜色。

我正年轻啊，我需要红得热烈，绿得招摇，蓝得明丽，黄得妖冶。有好多年，我热衷杨丽萍式民族风，以衣夺目，明黄或宝蓝，艳压全场，且骄傲自得。

我意气风发，我明眸皓齿，我意兴阑珊，我不可一世。

那些像梵高一样的疯狂被我沉入海底，收敛和不动声色已经裁进黑白灰的衣裳里。有时候阳台上晒衣服，都是白衬衣。有时，都是黑衬衣。

在中年后，寡着一张脸，一身黑衣，短发，一声不发坐在人群中——那些明艳红蓝的岁月终将被埋葬，我将在平淡的颜色中获取更大的灿烂。

在腾格里沙漠，摄影师说，沙漠中穿红色好看，我不。

我穿了黑衣行走，不举着红纱巾飘。我就一步一步走啊走，沙子烫了我的脚。我在沙漠中哭泣，泪水落在沙漠中，转瞬即逝——请原谅我貌似的坚强，请原谅我不在人前落泪。

黑色裹紧了我，像裹紧了我的忧伤，我的秘密。

我在黑色中似一只羔羊，又绝望又坚强，我在黑色中柔韧又坚强，无人可以看透我——连我自己也不行。

我在光阴中是一只黑色的鸟儿，在黑暗中飞行，飞得光华灿烂，飞得绝世芳华——即便在黑暗中，我仍然飞得那么干净飘逸有力。

在和时光的对抗中，它臣服于我，在黑色如丝绸的时光缎面上，反射出无法想象的光芒。它刺伤了我的眼。

“幽暗中的微光多么重要。”我钻进山本耀司的灵魂，看到反潮流反时间的杰作。从不随波逐流，而被那些貌似压抑，实则朴实、生动的打击到体无完肤。

“在黑暗中，我闪着绸缎一样的光芒和小马驹一样的性感。”

黑色的蕾丝手套，深紫色的口红，一身黑裙的我走在沙漠中、海边、原始森林……我不动声色，我妖娆万端，我在冷艳中保持了穿透和加速。

凌晨三点，被雨惊醒，穿了黑衣去楼下听蛙声。黑漆漆的夜里，我一个人站在池塘边，万语千言，只说给这黑夜中的雨声听。

而我，灿如黑夜。而我，烂如星辰。

两忘

*

*

你忘了，我也忘了。恰恰好。

晚来寂静。王维说："晚年惟好静，万事不关心。"

这句话，唯有中年后方能读懂。

你经历的所有惊涛骇浪与念念不忘，都开始如潮水一样退去，连记忆的贝壳都懒得拣拾。你宁愿忘记，是一种恰好的节制。你开始与自己恋爱，与时光恋爱，与天地、宇宙、星空、山川恋爱。你开始喜欢那些无边无际无休无止。

你一个人去看桥。开很远的车，就为看那座漂亮的桥。

你去池塘边发呆，和埋在那里的蜜糖说话聊天。你说从猫身上学习到了很多东西，比如单独。

独来独往的灵魂变得有趣生动，忘记不是谁提醒你忘记或者刻意忘记，忘记是在似水流年中不知不觉的遗忘，是不自知间已然忘记。从前怕提及，那类似的长相，那相似的街道，那偶尔的口音，都会心跳、心悸。终有一天，近乎全都忘却。

他亦忘却——当年的死缠烂打成为笑话，更关注一日三餐和泡一壶什么样的好茶。汤显祖在自己书信中有言："智极成圣，情极成佛。"但你只愿成为普通人，在浩瀚银河中被淹没。甚至你愿意让自己的辨识度越来越低——你终于活成自己年轻时最讨厌的那种人。

一脸的不动声色，带些许的镇定与冷漠，甚至带着语重心长，还有德高望重。儒家的思想最终在你灵魂里生了根，你忘记了青春里的叛逆、狂妄、疯狂。一笑而过。万千山河，拈花一笑，俱是春落花枝和夜色阑珊。

只对艺术，你有泛滥的用不完的热情——这唯一熨平你灵魂褶皱的时光机。歌德、瓦格纳、木心、蒋勋……都把最浓的情交给了艺术，永不被辜负，永不被忘记。

你的性格中除了书卷气还有了金石气、山林气、江湖气、亦男亦女气。你活成一幅写意画，把所有经历幻化成或深或浅的几笔墨，慢慢描绘。

你甚至感谢那些挫折、伤害、打击……哪有下不完的暴雨，刮不完八级风？你把它们变成心中诗意唱吟，变成花朵别在衣裙上，变成面容上镇定的笑和越来越美的那条鱼尾纹——一个灵魂有宽度有深度有阔度的女子。

所有一切都是财富，都会成为绕指柔的云彩。

"一生复能几，倏如流电惊。"

两两相忘，是岁月所赐的包浆。从此山光悦鸟性，潭影空人心。两忘里的爱情、友情，人去楼空，也无风雨也无情。你忘记我时，恰好我也忘记了你。懂得是成全，忘记更是成全。

但有惆怅。

但惆怅里，平淡天真的欢喜更多矣。

理想生活

* *

我想了想我的理想生活大致是这样的。

有家。

有一盏黄色的温暖的灯一直亮着，家在不远不近的郊区，最好有小院儿。院中有坛坛罐罐花花草草，有篱笆，篱笆上开满青藤和喇叭花。

有犬一只，猫两只，鹅一只，鸭一只。

房前有法桐、玉兰、樱花，房后有菜田可种菜，可望得见夕阳中的远山，可闻到邻里的炊烟。

房子是自己设计装修最好，茅草房，泥墙，从前的万卷藏书不要了，只枕边三两本闲书即可。屋内陈设不必过多，删繁就简，一麻一桌一椅，皆是陈旧老木手工打造。亦可置一榻，闲散时喝茶吃酒斜卧闲谈。屋内挂一画足矣，自己所画的小画，或梅或莲或菖蒲。

* *

我在光阴中是一只黑色的鸟儿，在黑暗中飞行，飞得光华灿烂，飞得绝世芳华——即便在黑暗中，我仍然飞得那么干净飘逸有力。

如有水最好，哪怕小溪，可去溪边采野花，可带爱犬散步。厨房要得体，器皿要佳。一日三餐，亲力亲为。写字画画唱戏时，锅里永远煲着汤，萝卜的香味弥漫着。愿到八九十岁，依然有对美食和厨房的向往，醒了嚷着要吃红烧肉——愿一生都有身影忙碌在厨房。

有爱，轰轰烈烈，浩浩荡荡爱过。在爱情里永远保持最初的本心和天真烂漫，有清澈见底的天真与明亮，到老还一往情深，有初恋般的热忱。

到八十岁对儿孙说：今天去跳舞，看见一个老头儿又帅又迷人……

有趣，一生活得风趣幽默，把所有风霜雪雨变成心里的彩虹，含笑唱江湖，自黑自得，用有趣的方式过一生。

有情有知己，赏心三两枝。不滥交朋友，就那么几个掏心掏肺的人。你说明月，他是前身。你说挑灯，他说看雪。有琴棋书画诗酒花，可挑琴，唱戏，画画，写诗，看花，焚香，品茗，听雨，赏雪，候月，酌酒，莳花，寻幽抚琴。

存几十年的老茶与老友一起品。他吹箫我唱戏，二人鬓已星星，一笑还是狡黠少年样。他提笔写禅园听雪，我在旁捧茶看画。

有远行，一年要无数次远行。只要能走，就一直在路上。看山川河流，看草木情深。去每个城市的街边，小巷中逛地摊吃小吃。到八十岁依然环球旅行。不惧怕光阴衰老，永远怀着远行的心。

有少年心，接受新事物，有很多小伙伴，也白日放歌，也通宵达旦。有一种必须忘记的东西，叫年龄。

＊＊

你的性格中除了书卷气还有了金石气、山林气、江湖气、亦男亦女气。你活成一幅写意画，把所有经历幻化成或深或浅的几笔墨，慢慢描绘。

有光，越来越闪现植物朴素的光亮，葆有干净、热情、明亮、饱满、坚韧的特质。在八十岁勇敢地穿着旗袍球鞋，还去大学里讲座，并且更风趣、更生动、更老顽童。

还有，一生从事自己喜欢的事情。每日笔耕不辍，戴着老花镜还要写，满头白发了还要写，还要画，还要唱戏，还要很多很多爱，还要走很远很远吃一碗牛肉面。

还要看到花开高兴，还要一直有抬头看云的心情。

然后老了，无疾而终。

这样的一生，是理想的一生。

后记　陆地仙人

王祥夫

那天也是为了避雪，雪实在是下得太大了，北京很少下这么大的雪，灌得满脖子都是，便跑到路边的东单书局里去避雪，忽然就买到一本雪小禅的随笔集。

那时候还不认识她，只觉这名字大好，就买了一本。见她人倒是后来在张家口的崇礼。那次的印象是她不但程派唱得好，散文也写得有滋味，且拿得动大东西。那时她的《裴艳玲传》刚刚出版，不是简单的印象记，是大传。

我是爱听河北梆子的，裴艳玲的风骨在当下梨园可以说无人能及。记得那次我问雪小禅写不写小说，她说不写，我当下就觉得她有许多的故事，应该写。

现在的随笔可看的并不多，不说文笔的好坏，只说翻看一篇文章能让我们看到多少东西。我常对朋友们说，一本书要是能让你连续翻上好几天，那这本书一定不会错到哪里去，但往往是一本书也只能让你翻一小会儿。

作文章，怎么说呢，有时候就像是北京的点心铺子做点心，是要有味儿，吃它也不为饱，只为有滋味。点心馅儿与点心的外皮浑然一体，如此方能给舌尖以美妙的享受。

雪小禅的文章便是合适用来边喝茶边吃的那种小点心，不为饱，也根本不能算是吃饭。凡吃东西，没有例外都是吃到了肚子里，但好的点心吃了又像是没吃，肚子没什么感觉，滋味都在感觉里让人想念。

我看一个作家，比如我忽然情愿心心意意地跟他在一起，首先是要他好玩儿，并不在他的文章非要惊天动地的好。

雪小禅的好，就好在这一点上，好在她人的综合上。不单单是个作家，也不单单是个喜欢写字的人，也不是什么美食家，也不是什么服装模特，但在她身上都有点儿，而且都还好。

及至后来和她接触多了，一开始说的要给她写印象记，到后来竟然不敢。作家与一般人的不同处说来也简单，就是阅历和经历要比一般人多一些。但我阅人多，到后来往往又会让我失望。

当代的作家艺术家与现代的作家艺术家相比，就是当代的作家艺术家的修养太单薄，比如说画画的，他画得好，但文学修养却往往不够，一幅画画完不知道题什么在上面，往往会从口袋里翻出个小本子在上边找。

出版社做的一件很不雅的事就是出了不少这方面的书，上边记账一样，一条一条都是可以题到画上的短句长句。凡碰到这种场面，我会急忙走开，心里满满有说不出的难受，这样的画家能画出好画吗？相信不会。还有就是时下的作家都爱写字，他不写，你对他的印象是满满的好，他一写，你忽然觉得是银瓶乍破。

小禅写字好，当然她主要是写文章，我的许多好友在上大学的时候都是她的粉丝，这让我心里有那么一点酸溜溜的。这也真是好笑。

小禅的爱好好像有很多。爱吃，到处吃。爱美丽的衣衫，而各种布各种料子到了她那里也真是会分外的变得漂亮起来，也不知道是布和那些料子不负她，还是她不负那些布料。

小禅还爱茶，不是那么随便地喝一口，是动辄茶席铺排。小禅的家亦是大块大块颜色铺陈出来的，还有民间的各种老瓷，大瓷碗小瓷碗，上边有民俗的青花飞舞。去云南或去别的什么地方淘的我记不清了。

她拉了我去转古董店，她的趣味极民间，是民间的那种风致。比如喜字罐，那么大两个，她亦要买。我都替她发愁怎么上得了飞机，她却说要在里边插白茅草。

那种日本才有的南向茅，南向茅的丝般的穗永远朝着南方，这里像是很动人的故事。

小禅的爱好太广泛，我以为这是生命力的旺盛，也是她笔下文字经久不衰的秘密。小禅爱各种美好的事物或物件，事物和物件到了她这里必须分开说。

她爱这些，其实是爱她自己无遮无拦的欲望。爱美，说到骨子里是色欲、美欲、情欲，一般人都是从这个高坡走过，先是上去，然后必定是下去，而小禅却是一旦上去就没再下来过。

她是通过对美好事物和物件的把玩，完成她对美的热爱。在她那里，没有隐喻，是直接的，爱憎在她的笔下文章里和与人交谈来往间是直接的。你看她的照片，她是白玉条条的美在那里。

在云南，我站在一树迟开的桂花下看桂花，实际上是看蜜蜂。她不知什么时候就过来，手里，宛然擎了一枝荷叶，她亭亭地站在我身边，和我合影。照片出来，朋友们看了说，这是何方仙子。

养生减肥在现在已经成了一个大问题，多少美女或不美女吃不吃晚餐已经是一件大事，而小禅是天人自有天人相，她吃饭煞是文场武场一起上的那种大排场。

她对吃什么没有挑剔，红烧肉可以连着来几大块，油榨辣子且先来一小碗。她吃辣子，我坐在旁边便先是心惊。一小碗，一会儿就吃完，再来一小碗。这样吃辣子，除她这个陆地仙人外我没见过第二个。或者是蒜，一头头地要来，这样的吃法我亦是没有见过，却也从心里喜欢。

吃饭是能看出一个人的本心本性，一如日本作家太宰治在《斜阳》里写贵妇人的母亲，吃东西会直接用手拿起来就吃，或是在庭院里散步人忽然不见，而忽然又从花丛中站起来，原来刚刚是在花丛里解了小手，真正的贵族原来是这样的随意随性。

小禅的文字原不要我说，是情绪驱赶着文字，而不是靠文字生发情感，所以她有着众多的读者，文章的美原来出自情感这句话用在这里是有道理的。

小禅是那种见狗爱狗见猫爱猫的人，但有一点是被爱的对象必须美。生活在美之中，寻找美或是本身就是美的体现，我以为小禅是第三者。

我和她端坐食桌边开玩笑，我对她说你就是陆地仙人，仙人是要腾云驾雾而行，而你这个陆地仙人是双脚从不曾离开过地面。我说的是真话，乃至现在，你想捕捉到她的行程消息还不那么容易。

我喜欢那种一辈子不出门不出山，一辈子只与房前屋后的草木为邻为友的人，但我也喜欢陆地仙人的小禅。

说到小禅，无法简单地把她分到哪一种人群里去，你说她是作家，她还是生活中真正接了地气的艺术家。她本身吧，真也不好说是谁的作品，那当然是她自己的作品，她把衣服穿出去，让别人觉到原来衣服会有这样不可忽略的好。

小禅的好还在于她总是兴致勃勃地给人以欢喜，她每去一地，都会引起一阵小震动，一如铁拐李进了酒店去打酒，吃惊欢喜的非但只是酒店老板，旁观者亦是欢喜。

如果一个人，每去一处都把悲切之气带到那里，那么这个世界就不复再存在的美。小禅的世界是美的综合体，再加上她很难说清的是雌是雄的性格，就更难让人说，她是雌雄同体地对世事的洞明和对人情的练达。

说到小禅文章，我枕边就有一本，大红的封面，小禅说这本书放在哪里都可以辟邪，我宁肯信她。红红的也不难看。

小禅文章的好似小吃样的好，一如我们嗑瓜子，或吃一小片橄榄，或没事吃几粒葡萄干，是这么个意思。是轻松也是随意，我从不劝小禅去作宏文高论，这与她不合，虽然她有许多故事。

小禅是现世生活中可以见到可以感受到她的呼吸的，那么一个爱美的人，她的爱美把她修炼成一个几近仙子的人，这句话也许是开玩笑，但除了她，一会儿在东，一会儿在西，把生活的美和怎么生活才会美告诉别人，她的行踪也只有仙人才能完成她那样大尺度的挪移。

有时候在笔会上碰到一起，我喜欢站在那里，看她走过来，是飘然而来，不是走的，是飘的。

我给她发微信，只对她说："说到写出人物印象，在我手里，唯你最难写出。你在中国是综合性最强的人物，美的代表吧。可以这么说，你是峨嵋山下来的妖精，只是不知小青在哪里。"

她看了也只是"哈哈哈哈"地笑，倒让我一时没了主意，不知接下来说什么好。

图书在版编目（CIP）数据

我只向美好的事物低头 / 雪小禅著 . —— 长沙 : 湖南人民出版社 , 2018.1
ISBN 978-7-5561-1832-8

Ⅰ . ①我… Ⅱ . ①雪… Ⅲ . ①散文集－中国－当代
Ⅳ . ① I267

中国版本图书馆 CIP 数据核字 (2017) 第 271603 号

图片摄影 : 雪小禅
出　　品 :
图书策划 : @ 杨沐涵 -Fanny
文字编辑 : 张　翠
责任编辑 : 姚晶晶
装帧设计 : 棱角视觉

WǑ ZHǏ XIÀNG MĚIHǍO DE SHÌWÙ DĪTÓU
我只向美好的事物低头
雪小禅　著

出版发行 : 湖南人民出版社
网　　址 : www.hnppp.com
地　　址 : 长沙市营盘路东路 3 号
邮　　编 : 410005
印　　刷 : 北京盛通印刷股份有限公司
经　　销 : 湖南省新华书店
开　　本 : 880 毫米 ×1230 毫米　1/16
版　　次 : 2018 年 1 月第 1 版　2018 年 3 月第 3 次印刷
字　　数 : 251 千字
印　　张 : 21
书　　号 : ISBN 978-7-5561-1832-8
定　　价 : 59.80 元

我在远方

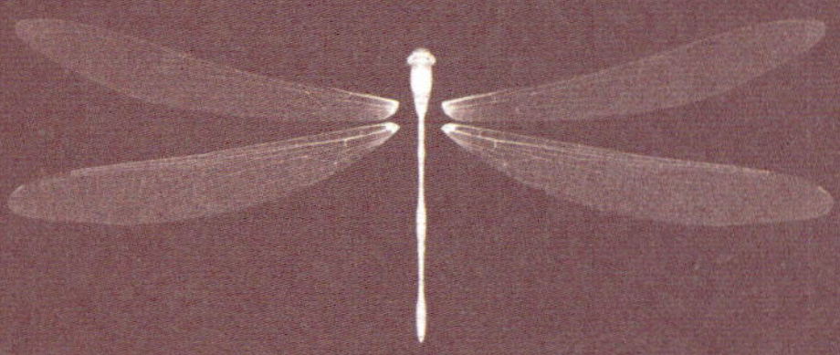

惜君如常